ULRIKE ANNA BLEIER

SCHWIMMERBECKEN

Alle in diesem Buch geschilderten Handlungen und Personen sind frei erfunden, Ähnlichkeiten mit lebenden oder verstorbenen Personen wären zufällig und nicht beabsichtigt. Der Ort Kollbach ist lediglich wegen der keltischen Herkunft seines Namens gewählt.

1. Auflage 2016, 2. Auflage 2017

94234 Viechtach Bahnhofsplatz 2a
www.lichtung-verlag.de

Umschlagfoto: Ulrike Anna Bleier
Druck: Passavia Druckservice, Passau
ISBN 978-3-941306-30-1

Die Entstehung des Buchmanuskripts wurde gefördert von der Autorinnenvereinigung e.V.

Ulrike Anna Bleier

SCHWIMMER BECKEN

Roman

edition lichtung

0

Ich bin ihm gefolgt. Er ist durch den Wald gelaufen, er war schnell, aber ich war schneller, ich konnte ihm mühelos folgen, das Training hat sich gelohnt, dachte ich, dabei habe ich ja nie gewusst, für was ich eigentlich trainiere. Insgeheim musste ich sogar lachen, über mich und über Bruderherz, dass wir nicht, wie früher, Hand in Hand durch den Wald gehen, sondern getrennt und heimlich. Er verbirgt etwas vor mir, und ich, ich verberge mich vollständig vor ihm. Ich weiß nicht genau, ob er mir aus dem Weg geht oder einfach nur seines Weges, der vollkommen losgelöst ist von den Wegen in Kollbach, den Wegen aus Kollbach heraus und nach Kollbach hinein, an der Kollbach entlang, losgelöst von den Wegen, die meine und die unsere sind. Denn die Wege, auf denen ich täglich unterwegs bin, sind noch immer dieselben, während seine Wege ganz neue Wege sind, die mit mir nichts zu tun haben, weil sie mit mir einfach nichts zu tun haben können.

Bruderherz läuft durch den Wald, er geht schnell, aber er geht gebeugt, wie ein alter Mann. Ein Eichhörnchen ist aufgescheucht, es läuft den Baum hinauf, es schaut auf ihn hinunter und läuft wieder ein Stück zurück, unschlüssig, als wolle es ihn etwas fragen. Er beachtet es nicht, er zwingt sich, es nicht zu beachten, auch wenn ich einen Moment lang denke, er habe ihm etwas zu sagen. Aber dann ist der Augenblick vorbei, er läuft weiter Richtung Alte Mühle, und das Eichhörnchen verschwindet mit einem höhnischen

Rascheln im Geäst. Ein Distelfink ruft im Vorbeiflug etwas in den Wald hinein, es ruft keiner zurück, die Tiere sind träge und gleichgültig, als müssten sie keine Sorge haben, als gäbe es keinen Grund, wach zu sein. Zwei Hasen sitzen am Wegrand, als Bruderherz vorbeieilt, sie bleiben sitzen und schauen ihm hinterher, und ich ärgere mich wieder über ihn, über die Selbstverständlichkeit, mit der er durch die Welt läuft, und die Selbstverständlichkeit, mit der die Viecher im Wald und auch die Kinder im Schwimmbad und auch die Eltern, die Kramer Anne, ja selbst der Hintergreiner und der Pfarrer seine Existenz hingenommen haben und hinnehmen, sie wundern sich nicht über ihn und er scheint sich nicht über sie zu wundern. Wer dazugehört, fällt gar nicht auf, er kann machen, was er will, er ist so sehr Teil der Welt, dass er sich nicht unterscheidet von ihr. Wenn Bruderherz handelt, dann handelt die Welt.

Jetzt bleibt er stehen, hinter einer Tanne mit langen starken Wurzeln, ich pirsche mich so nah wie möglich an ihn heran, um alles mitzubekommen, obwohl ich gleichzeitig weiß, dass es sinnlos ist, etwas von ihm mitzubekommen, egal, ob er indonesisch spricht oder nicht. Ich weiß nicht, wann es angefangen hat, dass ich nichts mehr mitbekommen habe, ich weiß nur, dass ich anscheinend auch das nicht mitbekommen habe, dass es vorbei ist mit unserem Bündnis gegen die Welt und gegen den Tod oder für den Tod oder für die Welt, auf jeden Fall mit unserem Bündnis, das ist vorbei. Ich sehe es an jeder seiner Bewegungen.
Er kniet sich zwischen die starken Wurzeln der Eiche. Er beginnt, in ihrer Beuge ein Loch zu buddeln, mit den Händen, in den Händen hat er ein kleines Messer, er schaufelt Erde mit dem Messer, schaufelt und schaufelt, bis das Loch tiefer wird und ich von meinem Versteck aus nichts mehr erkennen kann, außer dass es sinnlos ist, hier ein Loch zu

graben. Als er offenbar genug gegraben hat, wischt er das Messer an seiner Hose ab, dann hält er es nahe an sein Gesicht, er betrachtet das Messer oder sich selbst in der blanken Schneide des Messers sehr genau. Er nimmt das Messer und dann schneidet er in einer langen, sehr ruhigen Bewegung sehr tief in seinen Unterarm. Er schaukelt es mit Nachdruck, er schaukelt es in der Wunde hin und her wie eine Wippe, die ein Kind in den Schlaf wiegen muss. Ich brauche nicht wegzuschauen, um zu wissen, dass er nicht blutet, er blutet nicht, mein Bruderherz, er blutet nie und er hat keine Schmerzen, denn die Schmerzen habe ich an seiner statt. Die Haut meines Armes brennt, ich weine lautlos, während das Fleisch an seinem Unterarm auseinanderklafft, die Wunde frisst sich durch meinen Arm. Er weiß, dass ich ihn beobachte, er ist mein Bruder und dennoch ist er nicht mein Bruder, und etwas sehr Dunkles sitzt plötzlich auf dem Ast über mir und schaut mich an. Es ist ein Eichhörnchen, es sieht mich hasserfüllt an, ich drehe mich um und laufe zurück durch den Wald, bis ich die Kollbach erreiche.

Ich lege meinen Arm in das eisige Wasser der Kollbach, ich sehe, wie das Wasser sich schwarz färbt. Mein Arm hat sich beruhigt, wie auch ich mich beruhigt habe, weil man sich irgendwann immer wieder beruhigt hat. Mein Arm sieht aus, wie er immer aussieht. Es ist alles wie immer, auch die Kollbach ist wie immer. Sie ist nicht schwarz, sie heißt nur schwarz, alles ist wie immer, ich muss keine Angst haben. Ich muss weggehen von hier, denke ich, sonst gehe ich zugrunde, sonst gehe ich an meiner Angst zugrunde.

Ich bin noch nicht bereit für das Ende der Welt.
(Tobias Bock, Poet aus der Oberpfalz)

1

Er sagt ein paar Worte. Wir schauen uns alle an, keiner hat was verstanden. Ist das jetzt Hochdeutsch, oder was?, fragt der Blick vom Vater in meine Richtung, ich weiß es auch nicht. Ich rufe laut: Servus Bruderherz, und breite meine Arme aus, umarme ihn, drücke ihn an mich, er macht sich steif, aber er meint es nicht so. Er ist noch gar nicht richtig da, da macht er sich schon auf den Rückzug, wir wissen nicht, was wir ihm getan haben. Er wird es uns sagen, denke ich, dies wird der Grund für seinen Besuch sein. Einen anderen Grund wird es nicht geben für diesen Besuch. Er, der nicht gerne spricht, will uns etwas sagen, denke ich, und frage mich, warum sein erster Satz an uns ein Satz sein muss, den kein Mensch verstehen kann. Er könnte doch wenigstens hochdeutsch sprechen, aber nein, es muss etwas sein, was keine Sau versteht. Ich lasse mir den Ärger nicht anmerken, ich gehe einen Schritt weg von ihm und sage: Gut schaust du aus. Er lächelt und streicht mir leicht über den Arm, und ich zucke zusammen.

Ich habe seine Hälfte frei geräumt, sein Bett frisch überzogen, die Mutter wollte es machen, aber ich habe darauf bestanden, dass ich es mache. Es ist unser Zimmer, in das er zurückkehren wird, und ich fühle mich als Gastgeberin. Ich habe aufgeräumt, ich habe meine Landschaftsbilder von seiner Wandseite abgehängt und abstrakte Kunst aufgehängt, ich habe überlegt, ob ich seine Wand lieber leer lassen soll, dann kann er damit machen, was er will, aber es sah zu traurig aus; er kann die abstrakte Kunst ja abhängen, wenn sie ihm nicht gefällt. Ich weiß nicht, was ihm gefällt, ich habe nie verstanden, warum ihm etwas gefällt, deshalb wäre es nicht so schlimm, wenn er die Kunst wieder abhängt, sie war nicht teuer, ich habe sie beim Brunner gekauft, im Bürofachhandel, da gibt es Bilder und Rahmen, ich hatte ein paar Einzelstunden gegeben, ich konnte es mir leisten.

Wir sind nicht in die Wohnung gegangen, wir sind erst einmal essen gegangen. Zum Fasslwirt. Die Mutter hat wie immer Schnitzel mit Pommes bestellt, und der Vater hat sich aufgeregt, weil sie immer dasselbe bestellt. Seit 40 Jahren bestellst du immer dasselbe. Schnitzel mit Pommes. Seit 40 Jahren beschwerst du dich darüber, das ist dasselbe, habe ich gesagt. Jetzt lass sie doch essen, was sie will, habe ich gesagt, aber die Mutter hat mich böse angeschaut, sie bestellt mit Fleiß Schnitzel mit Pommes, damit der Vater sich aufregen kann, das weiß sie, und sie weiß auch, dass ich es weiß. Bruderherz ist dagesessen und hat nichts gesagt. Ihn geht das alles ja nichts an. Der Herr Siebengescheiter, sagt der Vater immer, wenn er über ihn spricht. Der Herr Siebengescheiter ist noch vor dem Essen aufgestanden und hat auf der Straße vor dem Fasslwirt telefoniert. Er hat lange telefoniert. Die Eltern und ich haben den Vorhang ein bisschen zur Seite geschoben und aus dem Fenster geschaut, wir haben ihm zugeschaut, wie er telefoniert hat. Er geht vor dem Fenster auf und ab, er hört zu, und dann sagt er das Richtige. Wir haben nicht verstanden, was er gesagt hat, nur, dass er etwas gesagt hat. Er hat eine warme und tiefe, schöne Stimme, ich erinnere mich, dass es schön ist, mit ihm zu telefonieren. Und er hat einen konzentrierten Blick, er ist mit dem beschäftigt, was er tut, nicht so wie wir, die wir dauernd mit dem beschäftigt sind, was die anderen tun.

Wir sind mit uns beschäftigt und damit, dass die Welt sich mit uns beschäftigt. Er aber nicht. Ich frage mich, wann es angefangen hat, mit dem Unterschied, der mir nun auffällt, wo er mir zuvor noch nie aufgefallen war, noch nie zuvor.

2

Die indonesische Sprache ist eine malaiische Sprache, sagt das Wörterbuch in der Kirchenbibliothek, sie gehört zu den meistgesprochenen Sprachen der Erde. Einmal war die indonesische so etwas wie die malaysische Sprache, eigentlich ist es dasselbe, aber eigentlich auch wieder nicht. Indonesisch, Malaysisch und Malaiisch sind dasselbe, unterscheiden sich aber doch voneinander. Malaysisch dient als Verkehrssprache in Malaysia, Indonesisch in Indonesien, sagt das Lexikon. Alles, was malaysisch ist, und alles, was indonesisch ist, ist auch malaiisch. Malaiisch ist keine Verkehrssprache, Malaiisch ist alles in einem. In Singapur, in Brunei, in Myanmar, in Hongkong und in den USA gibt es Unmengen von Menschen, die malaiisch sprechen. Auf jeden Fall mehr als deutsch sprechende. Käme ich irgendwann wieder auf die Welt, wäre die Wahrscheinlichkeit sehr hoch, dass sogar ich selbst malaiisch sprechen würde. Malaysisch. Oder indonesisch, denn Indonesisch als Amtssprache von Indonesien wird von Millionen von Menschen gesprochen, vor allem von in Indonesien wohnenden Indonesiern; und selbst in Saudi-Arabien, Singapur, den Niederlanden und den USA wird indonesisch gesprochen. *Kaffeemaschine* heißt auf Indonesisch *mesin kopi, Maschinenpistole* heißt *senapan mesin* und *kopi pahit* heißt *schwarzer Kaffee.*

Kembar heißt *Zwilling* und *tiga* heißt *drei.* Ich schaue den ganzen Tag in das Wörterbuch in der Bibliothek, wohin ich mich geflüchtet habe, damit ich damit aufhöre, ununterbrochen darauf zu warten, Bruderherz zu begegnen oder irgendeine Information über ihn zu erhalten, von wem auch immer. Von niemandem, das weiß ich. Es gibt niemanden, der Informationen über ihn hat, nur er selbst. Nur weiß er selbst das nicht.

Die Bibliothekshelferin, die montags und donnerstags ehrenamtlich dafür zuständig ist, die Büchernummern auf kleinen Karteikarten aufzuschreiben, schüttelt bei jedem Buch, das ich ausleihe, den Kopf und schwärmt vom digitalen Scannersystem der Diözesanbibliothek in Regensburg; dort habe ihre Mutter gearbeitet, nein, eigentlich würde ihre Mutter noch immer dort arbeiten, sie sei ja nicht alt, sagt sie, und wenn sie wieder ganz gesund wäre, könne sie dort sofort weiterarbeiten, weil die Kirche eine soziale Institution sei. Es sei ganz einfach in der Diözesanbibliothek in Regensburg, man müsse das Buch nur an einen Scanner halten, so ähnlich wie die Artikel, die man im Supermarkt kaufe, über einen Scanner gezogen werden, sagt sie, nur dass der Scanner im Supermarkt fest installiert sei, der Scanner in der Diözesanbibliothek in Regensburg aber nicht, er sei eher wie ein Griff, wie eine Pistole oder wie eine elektrische Zahnbürste, sagt sie und grinst, als traue sie sich selbst nicht über den Weg. Ob ich denn jetzt verreisen täte nach Indonesien, fragt sie, wieder ernst, und ich sage, nein, ich interessiere mich nur für die Sprache, denn falls ich noch einmal geboren würde, wäre es wahrscheinlich, dass ich indonesisch sprechen würde, da es eine der meistgesprochenen Sprachen auf der Welt sei.
Ich dachte Englisch, sagt sie und zieht die Stirn kraus, Englisch kann ich schon, sage ich. Was ist mit Französisch, fragt

sie weiter, und ich erkläre ihr, dass das Französische eine über kurz oder lang aussterbende Sprache sei, genauso wie das Ungarische, das Finnische oder auch das Rätoromanische, woraufhin sie schweigt. Aber ich habe ihr angemerkt, dass ihr das nicht passt, die Sache mit der Wiedergeburt, und dass sie überlegt, ob es für Nichtchristen verboten ist, in der Kirchenbibliothek solche Bücher auszuleihen.
War nur ein Spaß, habe ich deshalb schnell gesagt, ich will nicht, dass sie es überall herumerzählt, aber das wird sie eh tun. Tutup mulut, sage ich zum Abschied, sie versteht mich nicht, und sie kann auch nicht im Indonesischlexikon nachschauen, weil ich das gerade ausgeliehen habe, und ich selbst habe bereits wieder vergessen, was *tutup* und was *mulut* heißt, selbst wenn sie mich mit irgendetwas erpressen würde, damit ich es sage, könnte ich ihr nicht helfen, denn das Lexikon übersetzt nur vom Deutschen ins Indonesische, aber nicht in die andere Richtung. Was hat Ihre Mutter denn, frage ich zum Abschied, und sie schaut mich mit großen, erstaunten Augen an: eine seltene Form von Malaria.

3

Ich bin aufgeregt, aufgewühlt, sehr aufgewühlt. Und gleichzeitig sage ich mir, was soll ich aufgewühlt sein? Hat er sich fünf Jahre lang nicht gemeldet, braucht er jetzt auch nicht ankommen. Verschwindet, ohne dass etwas vorgefallen wäre. Die Eltern haben auch gefragt, es ist doch nichts vorgefallen, oder? Ich wüsste nicht, was vorgefallen hätte sein können. Die Eltern haben den Kopf geschüttelt, fünf Jahre lang. Und jetzt? Meldet sich fünf Jahre lang nicht, dann ruft

er an. Kommt vorbei. Komme am Sonntag, wenns Euch recht ist. Natürlich ist es uns recht, haben die Eltern gesagt. Er gehört nun einmal zur Familie, deshalb ist es normal, dass er am Sonntag kommt und dass es ihnen recht ist. Dann war es ihnen wohl auch recht, dass er sich nicht gemeldet hat. Nicht einmal angerufen hat. Keine Karte geschrieben. Ohne dass etwas vorgefallen wäre. Und jetzt ist es ihnen recht, dass er am Sonntag kommt.
Ich weiß noch nicht, was ich machen werde am Sonntag. Sonntag, Sonntag, denke ich den ganzen Tag; dass so ein Wort so vollständig die Gedanken beherrschen kann, den Kopf, eigentlich den ganzen Körper. Ich weiß, ich steigere mich hinein, ich steigere mich wieder in etwas hinein um des Hineinsteigerns willen: Was werde ich tun? Werde ich gehen? Aber wohin soll ich gehen? Soll ich ihm das Zimmer überlassen, das gemeinsame Zimmer, in dem wir unsere Kindheit verbracht haben? Na und, hab ich immer und immer wieder zu ihm, der gar nicht da war, gesagt, du bist weggegangen, habe ich gesagt. Ich bin wieder zurückgegangen zu ihnen, ich bin zurückgegangen, indem ich gar nicht weggegangen bin, zurück zu den Eltern, in unser Zimmer, das jetzt meins ist, meins ganz allein. Nein, ich kann keinen Plan machen. Die Eltern gehen davon aus, ab Sonntag werden wir wieder zu zweit in diesem Zimmer wohnen. Wie lange willst du bleiben, das haben sie nicht gefragt, sie gehen davon aus, dass es wieder so sein wird, wie es immer war. Was soll ich mit einem Plan? Vielleicht bin ich es, die diesmal weggeht, vielleicht bin ich es, die eines Tages sagt, ich komme am Sonntag vorbei, ist euch das recht?

Es ist wieder kalt geworden seit letzter Woche. Ist gut so, die Hitze hat das Getreide verwüstet, im Wald hat es gebrannt, die Kollbach ist fast ausgetrocknet. Die Tiere kommen schon an die Häuser und betteln um Wasser. Hat der

Bauer gesagt, neulich. Als obs ums Wasser betteln täten. Ist nicht gut für die Viecher, es hat schließlich einen Sinn, dass sie scheu sind. Sie sind ja zu Recht scheu, wie soll man den Menschen trauen können? Aber kaum ist man in Not, wird man vertrauensselig und läuft direkt hinein ins Verderben, das nicht darin besteht, dass man in Not ist, sondern in dem, was man aus der Not heraus unternimmt. Um Wasser bei den Nachbarn betteln. Damit sie dich am Ende auffressen!

Seit es kalt ist, haben sich die Viecher wieder in den Wald zurückgezogen, aber morgen, das haben sie im Fernsehen gesagt, steht schon die nächste Hitzewelle vor der Tür. Sie fängt harmlos an, aber spätestens ab Mittwoch haben die Kinder wieder hitzefrei. Dann muss ich morgens schon ins Freibad, bevor es voll ist, denn wenn es voll ist, kann ich das Freibad nicht ertragen. Die Kinder im Freibad kann ich nicht ertragen, den ganzen Tag schreien sie und weinen sie und lachen sie, es ist kaum auszuhalten. Dieses Schreien und Weinen und Lachen der Kinder tut mir überall weh, auch wenn sie es nicht absichtlich tun.

4

Natürlich habe ich mir immer wieder Gedanken gemacht. Immer wieder. Dann auch wochenlang nicht. Das sind die besten Wochen, in denen ich mir keine Gedanken mache, die Tage fließen dahin, je weniger ich mir Gedanken mache, desto ruhiger und kräftiger fließen sie dahin, wie ein Fluss, der begradigt worden ist, ich weiß gar nicht, was sie immer gegen begradigte Flüsse haben, ich habe nichts dagegen.

Wenn die Wochen wie begradigte Flüsse dahinziehen, kräftig und schnell, kann ich sehr viele Schwimmstunden geben, ich verdiene so viel, dass ich davon leben könnte. Ich könnte mir eine Wohnung nehmen, ich könnte den Strom bezahlen, das Telefon, ich könnte mir ein paar neue Möbel kaufen. Ich würde alle Möbel neu kaufen, von zuhause würde ich nichts mitnehmen. Ich würde alles bei den Eltern lassen. Vielleicht kann Bruderherz die Sachen brauchen, vielleicht übernimmt er das Zimmer. Vielleicht hat er irgendwo da, wo er war, wo er jetzt herkommt, eigene Möbel, vielleicht auch nicht.

Er hat uns nicht gesagt, wo er war, er hat nur Andeutungen gemacht, vielleicht hat er noch nicht einmal Andeutungen gemacht, sondern wir haben die wenigen Worte, die er bisher gesagt hat, als Andeutungen verstanden, die zu unserer freien Verfügung stehen – ich weiß nicht, ob er da, wo er wohnt, eigene Möbel hat. Der Vater sagt Regensburg, die Mutter sagt Landshut, da hat es ihm doch immer so gut gefallen. In Ingolstadt hat es ihm auch gut gefallen, hat der Vater gesagt. Überall auf der Welt kann es einem gut gefallen, vor allem, wenn es einem in der Heimat nicht mehr gefällt, vielleicht noch nie gefallen hat. Wenn es einem da, wo man herkommt, nicht mehr gefällt. Der Vater hat blaue Augen, die immer strahlen. Es ist kein Strahlen wie ein See, der die Sonne reflektiert, oder ein Spiegel, es ist wie der Blitz, der am Himmel erscheint, um die Erde zu erschrecken. Um nach kurzer Hitze einen Temperatursturz herbeizuführen, der sich gewaschen hat. Seine blauen und seine schrecklichen Augen machen heute den Eindruck, als habe er sich selbst erschreckt, er tut mir leid, der Vater, heute tut er mir leid, auch wenn ich mich morgen schon wieder erschrecken werde vor ihm.

Ich kann es mir nicht vorstellen, dass Bruderherz Möbel in Ingolstadt, Landshut oder Regensburg oder wo auch immer besitzt. Es passt nicht zu ihm, eigene Möbel zu haben, genauso wenig wie es zu mir passt. Wenn auch aus anderen Gründen. Es gibt keine Möbel, die zu uns passen, die uns wie Kleidungsstücke passen oder wie Schuhe oder Ringe. Wenn ich an neue Möbel denke, möchte ich sofort weglaufen. Ich möchte weg von dem Gedanken laufen, ich weiß nicht warum und ich weiß auch nicht wohin. Kaum bin ich in diesem Zustand, laufe ich sofort weg vor diesem Zustand.

Wenn ich wochenlang Stunden geben kann und so viel verdiene, dass ich mir eine Wohnung nehmen und Möbel kaufen könnte, die zwar nicht zu mir passen, die mir aber immerhin gehören würden – dann müsste ich ja auch alle darauffolgenden Wochen Stunden geben und so viel verdienen, dass ich mir die Wohnung leisten könnte. Ich hätte zwar Möbel, bräuchte dann aber andere Dinge. Lebensmittel, Getränke, Kaffee, Kleidung. Es ist gar nicht so, dass ich es nicht könnte, ich kann es mir nur nicht vorstellen.

Bruderherz ist der einzige, der mir sagen könnte, warum ich mir nichts vorstellen kann. Warum die Kinder im Schwimmbad mir weh tun, nur weil sie existieren, und das noch nicht einmal absichtlich. Doch Bruderherz spricht nur noch indonesisch oder auch nicht-indonesisch, das ist ja ganz egal, wie das letztendlich heißt, was er spricht. Fakt ist, es ist eine andere Sprache als meine, eine andere als die, die einmal unsere war.
Und wenn ich will, kann ich auch sagen, wann es genau anfing, mit der unterschiedlichen Sprache. Es fing so langsam an, dass erst nach vielen Jahren überhaupt ein Unterschied auszumachen war, und im Nachhinein kann ich sagen, es war dieser eine Tag, an dem es begann, aber an jenem Tag hätte ich überhaupt nichts sagen können, es war nicht er-

sichtlich, dass sich etwas ändern würde. Es war sehr lange vor dem Tag, an dem er schließlich wegging. Jahre vorher. Einen Lebensabschnitt vorher, wenn man so will. Das letzte Spiel, das wir spielten, als wir noch nicht getrennt waren, das war das Todesspiel. Beim Todesspiel spielen wir, dass wir Tiere sind, dass wir uns nicht auf den Tod vorbereiten können, wir kennen kein Ende, wir kennen keinen Anfang. Mitten im Lauf packt uns der Feind, erschießt uns der Jäger, ertrinken wir oder verbrennen wir am Starkstrom.

Jahre später reißt eine Oberleitung ab durch einen schweren Sturm, ein Kabel ist auf den Lederer-Acker gefallen und dort liegen geblieben, es hat keiner gemerkt, weil keiner bei dem Wetter aufs Feld geht. Erst als es vorbeigezogen war, ist der Geruch nach Verbranntem in der Luft gelegen. Der Lederer hat einem ganzen Rudel Karnickel die Augen zugedrückt. Noch nie hat jemand in dieser Gegend einem Tier die Augen geschlossen, als ob es ein verstorbener Mensch gewesen wäre. Man darf das nicht. Es ist verboten. Man darf Tiere nach dem Tod nicht behandeln, als ob sie Menschen wären. Der Pfarrer hat geschimpft und der Lederer hat ganz verdruckt ausgesehen, aber eigentlich haben ihn alle verstanden. Jeder hätte es getan. Wahrscheinlich auch der Pfarrer selbst, obwohl es verboten ist.
Und am nächsten Tag war Bruderherz fort. Es hat nichts mit den Karnickeln zu tun gehabt. Er hat gar nicht mitbekommen, wie sie mit verdrehten Augen und schwarzem Fell auf dem Feld lagen, die Läufe nach oben gebogen, als ob sie *Steiff*-Tiere wären. Als ob sie unterm Weihnachtsbaum gelegen hätten wie ein lustiges Kinderspielzeug, mit Kulleraugen, die man hin und her drehen kann, und wenn man sie auf den Kopf stellt, verschwindet die Pupille im Gehirn und man kann nur noch das Weiße sehen. Aber wie gesagt, Bruderherz war schon weg, bevor die Karni-

ckel gefunden worden sind und bevor der Pfarrer mit dem Lederer geschimpft hat, in der Kirche am Sonntag. Milde geschimpft, haben sie später gesagt. Er hat es noch nicht einmal beichten müssen.

5

Die Kramer Anne hat das Zimmermädchen aus Dirnaich gefragt, was mit dem Ludwig los ist, was er den ganzen Tag macht, ob er regelmäßig isst, ob er zum Frühstück in die Stube herunterkommt und was er für Sachen dabei hat.

Das Zimmermädchen wohnt gegenüber der weißen Kirche, von der sich vor vielen Jahren zwei Schulmädchen gestürzt haben. An einem schönen Nachmittag im Mai sind die zwei einfach auf den Turm gestiegen und hinuntergestürzt. Die kleine Schwester der Kramer Anne war die beste Freundin von einem der toten Mädchen. Die Mädchen waren sofort tot, nachdem sie vom Turm gesprungen waren, jeder wäre sofort tot geworden, insofern war keiner überrascht über den Tod, nur über die Art und Weise und vor allem darüber, dass sie überhaupt gesprungen waren. Die kleine Schwester der Kramer Anne hat am Tag der Beerdigung bitterlich geweint, und während sie bitterlich geweint hat, hat sie den Eltern erzählt, dass sie auch vom Turm gesprungen wäre, wenn sie nicht an jenem Tag hätte nachsitzen müssen, obwohl sie noch nie hatte nachsitzen müssen, doch an jenem Tag hatte sie ihre Hausaufgaben nicht gemacht, weil sie am Vortag ja gedacht hatte, ist jetzt eh wurscht, wenn ich morgen vom Turm springe. Die nichtgemachten Hausaufgaben haben ihr also das Leben gerettet, so kann man es sehen im Nachhinein. Die kleine Schwester der Kramer Anne jedenfalls hat es so gesehen, denn seit jenem Tag hat sie nie wieder Hausaufgaben gemacht. Das Abitur hat sie trotzdem bestanden, als die erste und einzige in der gesamten Verwandtschaft hat die kleine Schwester der Kramer Anne das Abitur gemacht, und das auch noch ohne Hausaufgaben, vielleicht weil ihr das alles genauso wurscht war wie die Hausaufgaben am Vorabend des Tages, an dem die beiden Mädchen starben.

Die Kramer Anne kennt das Zimmermädchen aus Dirnaich, weil sie oft vor der Kirche gestanden ist, um sich vorzustellen, wie es gewesen wäre, wenn die kleine Schwester gesprungen wäre. Dann wäre die kleine Schwester mit aufgesprungenem Schädel auf dem Kirchhof gelegen, wie die beiden anderen Mädchen mit aufgesprungenem Schädel auf dem Kirchhof neben dem weißen Golf gelegen hatten, den der Pfarrer kurz danach verkauft hat. Die kleine Schwester hat die Kramer Anne dafür gehasst, dass sie so oft nach Dirnaich gefahren ist, und auch die Eltern haben gesagt, jetzt lass es halt endlich einmal gut sein.
Du bist doch die, die früher immer vor der Kirche gestanden ist, hat das Zimmermädchen gesagt, und die Anne hat Ja geantwortet, die bin ich. Das Zimmermädchen hat genickt und gefragt, was die Anne wissen will. In einer Woche soll sie wiederkommen, dann wolle ihr das Zimmermädchen alle Informationen liefern, und die Anne ist nach Hause gegangen und eine Woche lang nicht ins Fitnessstudio, so aufgeregt war sie, auch wenn die Informationen über Bruderherz letztendlich nicht besonders aufschlussreich waren: Er frühstückt jeden Morgen auf dem Zimmer, er schwitzt jede Nacht so stark, dass das Bettzeug nass ist und man es täglich wechseln muss. Die Handtücher

sind nicht einfach nur feucht wie bei den anderen Gästen, sondern völlig durchnässt, als habe er sie, nachdem er sich abgetrocknet hat, in einen Eimer warmes Wasser getaucht und flüchtig ausgewrungen. Mittags, wenn sie das Zimmer macht, ist er für kurze Zeit nicht da. Er hat einen metallfarbenen, riesengroßen Koffer mit, auf dem in blauer Schrift *Rimowa* steht, mit blauer Umrandung, wie das Namensschild auf einem Klassenheft. Auf das Innenfutter des Koffers sind fliegende Flugzeuge aufgedruckt. Er hat einen schwarzen Laptop dabei, der an einer Aufladestation hängt. Dann hängt noch ein Akku-Kabel für ein Handy aus der Wand. Sein Koffer ist nicht ausgepackt, sie hat hineingeschaut, es sind ein paar graue Hosen, ein paar graue Pullover und ein paar schwarze Socken und Unterhosen drinnen. Gar nichts mit Farbe, so etwas habe ich ja überhaupt noch nie gesehen, hat das Zimmermädchen gesagt. Im Bad liegen auf der Spiegelkonsole eine graue Reisezahnbürste mit einer Reisezahnpastatube von *Signal*, ein elektrischer *Braun*-Rasierer und ein braunes Brillenputztuch. Wieso das denn, habe ich die Kramer Anne gefragt, er trägt doch gar keine Brille.
Vielleicht für die Sonnenbrille, hat die Anne nach einem kurzen Zögern gesagt, ich frage das Zimmermädchen, ob ihr eine Sonnenbrille aufgefallen ist. Die Anne schreibt es auf ihren Zettel unter die Punkte, die das Zimmermädchen ihr aufgeschrieben hat. Jetzt fehlen noch zwei Dinge, sagt sie. Eine Packung Tempo, unbenutzt, und ein Glas Rasierwasser, aber da hat das Zimmermädchen die Marke nicht aufschreiben können, weil sie ein Geräusch gehört hat. Tatsächlich ist der Herr Häusler ins Zimmer gekommen, der, als er sie gesehen hat, zur Eile gemahnt hat. Noch immer nicht fertig?, hat er grantig gesagt. Das Zimmermädchen glaubt, hat die Anne mir erzählt, dass er selbst nur spionieren wollte, weil vorher hat er sie noch nie kontrolliert. Für

die paar Euro wäre das ja noch schöner, hat das Zimmermädchen gesagt, das normalerweise im *Bonimeier* in Marktl arbeitet und bei den Häuslers nur aushilft, wenn die ausnahmsweise einmal Gäste haben. Sie hat gehört, dass der Häusler zu seiner Frau gesagt hat, den ganzen Tag sitzt er auf seinem Zimmer, nicht einmal zum Frühstück kommt er herunter.

Das Zimmermädchen hätte ein Detektiv werden sollen, habe ich zur Kramer Anne gesagt, und sie hat gelacht und gesagt, dasselbe habe sie auch gesagt. Und dann haben wir zusammen noch ein Bier getrunken, die Anne und ich, und sie hat mir vom Fitnessstudio erzählt und ich bin dagesessen und habe genickt und am Schluss habe ich nur gesagt, dass man, wenn man seine Ruhe haben möchte, auch einfach in die Kirchenbibliothek gehen kann. Ich bin Legasthenikerin, hat die Anne gesagt. Und dann fiel ihr plötzlich ein, dass das Rasierwasser am nächsten Tag verschwunden war, als das Zimmermädchen nachschauen wollte, welche Marke es war.

6

Ich klopfe an die Tür und warte. Ich warte auf Schritte, auf seine Schritte hinter der Tür, von weiter weg, auf die Tür zu, vor der Tür ganz nah; so fest rechne ich mit seinen Schritten, dass ich gar nicht abwarte, ob hinter der Tür überhaupt Schritte zu vernehmen sind.

Es sei ja egal, in welcher Sprache er spreche, entweder ich verstehe ihn oder ich verstehe ihn nicht, hat er gesagt, beim Fasslwirt hat er es gesagt, zumindest meine ich, genau das verstanden zu haben. Ich verstehe ihn nicht, habe ich gedacht, es aber nicht gesagt, ich bin mir nicht sicher, wie er es aufnehmen würde, vielleicht habe ich ihn falsch verstanden, als er sonntags ankam. Vielleicht habe ich ihn bereits falsch verstanden, als er damals verschwunden ist, am selben Tag, als die Karnickel vom Starkstromkabel getroffen wurden, oder ich habe ihn schon falsch verstanden, als ich dachte, dass er noch ein Teil von mir sei oder ich ein Teil von ihm oder wir beide ein Teil voneinander, dass er möglicherweise sogar so etwas wie ich selbst sei, eine Art Zwischending zwischen Ich und Du, als wir noch Totsein spielten und dem lieben Gott vorschlagen wollten, er möge einen von uns bestimmen, der tot, und einen, der lebendig wäre, unter der Bedingung, dass wir weiter miteinander sprechen dürften, zum Beispiel im Traum, schlugen wir dem lieben Gott vor, wir könnten ja im Traum miteinander sprechen, und wir wollten es auch dem lieben Gott überlassen, wer von uns beiden sterben und wer weiterleben sollte. Wir wollten ihn schließlich nicht verärgern, indem wir ihm zu viel vorschrieben.

Aber der liebe Gott ließ sich auf gar keinen Handel mit uns ein, wir hatten ihm weder zu viel noch zu wenig vorgeschrieben, und er äußerte sich grundsätzlich überhaupt nicht zu unseren Vorschlägen, es war im Grunde so, als hätten wir nie einen Vorschlag gemacht, als hätten wir Lotto gespielt und der Einsatz wäre Spielgeld aus dem *Monopoly* gewesen. Und so lebten wir eben beide weiter, und je länger sich der liebe Gott Zeit ließ, desto seltener dachten wir an unseren Vorschlag, was aber nicht heißt, dass wir nie daran dachten, und wann immer wir daran dachten, war sie wieder da, die Hoffnung, unser Wunsch könne vielleicht doch in Erfüllung gehen. Wir würden wissen, wie es ist, tot zu sein, aber wir würden nicht tot sein. Da wir nicht zu trennen waren, würde sowohl jeder von uns wissen, wie es ist, tot zu sein als auch nicht tot zu sein. Noch lange habe ich an unsere Version vom Leben und Sterben und Totsein geglaubt, und ich habe nie einen Grund gesehen, sie aufzugeben. Und auch ihm war es, kann gut sein, so ergangen, vielleicht ergeht es ihm noch immer so, vielleicht hatte er sich auch die letzten fünf Jahre immer wieder dieser Version versichert, indem er unsere Sätze untereinander und mit dem lieben Gott nachgesprochen hat.

Ich weiß nicht mehr, wie lange ich vor der Tür gestanden, keine Schritte gehört, aber so fest mit seinen Schritten gerechnet habe, dass mir nicht aufgefallen ist, dass da keine Schritte zu hören sind. In meinem Ohr hallen seine Schritte nach. Laute und leise Schritte, Schritte in Straßenschuhen, Schritte in Sportschuhen, Schritte barfuß und in Pantoffeln. Ich stehe auf einer Fußmatte, sie ist grau, und in verblasstem Rot lese ich *Welcome* in Druckbuchstaben. Meine Schuhe sind staubig von der Straße und vom trockenen Weg durch den Wald. Ich sehe meine Beine, wie ich sie schon immer sehe, von oben, aus der immer gleichen Entfernung, und sie sehen immer gleich aus. Im Erdgeschoss ist der Fernseher der Häuslers eingeschaltet, es laufen die *Tagesthemen,* ein Jingle, eine Männerstimme, eine Frauenstimme. Herr Häusler räuspert sich ein paar Mal laut, als ob er an einer Erkältung leidet. Vielleicht hat er Malaria, denke ich. Ich sollte weggehen, denke ich. Ich sollte Bruderherz anderswo suchen, denke ich.
Ich sollte, um ihn zu suchen, auf dieselbe Art und Weise weggehen, wie er damals weggegangen ist. Ich muss ihn da suchen, wohin er weggegangen ist, nicht da, wohin er zurückgekommen ist. Vielleicht hat er sein Weggehen geplant, von langer Hand, damals. Vielleicht aber hat er einen spontanen Entschluss gefasst, wer will das schon wissen und

wie soll man das in Erfahrung bringen, wenn er indonesisch oder nicht-indonesisch spricht und man selbst diese Sprache einfach nicht spricht, ob man will oder nicht, man spricht sie nicht. Man kann es ja nicht ändern. Man kann es nicht ändern, selbst wenn man ein großes Opfer bringen würde, könnte man es nicht ändern. Es gibt nichts, was man tun könnte, um plötzlich eine Sprache zu sprechen, die einem nicht bekannt ist. Deshalb muss es einen anderen Weg geben, um herauszufinden, was man tun soll. Vielleicht soll man auch gar nichts tun, aber das kann man vorher nicht wissen. Meistens soll man etwas tun. Bruderherz selbst tut nicht viel, wenn man mal davon absieht, dass er nach fünf Jahren hierher zurückgekehrt ist.

Er sitzt fast den ganzen Tag auf seinem Zimmer, hat das Zimmermädchen gesagt, und die Kramer Anne hat sie einfach ausgefragt, als sei es das einfachste auf der Welt, einen Menschen über einen anderen Menschen auszufragen, als erhalte man dann auf jeden Fall eine Antwort auf die Fragen, die man hat. Ich klopfe noch einmal an die Tür, und es öffnet noch einmal niemand.

7

Luiserl, hat der Vater gesagt, geh zeig du ihm, wo er billig tanken kann. Tanken! Also bin ich mit ihm über die Grenze gefahren. Ich habe ihn über die Dörfer gelotst, er ist gefahren, wie ich es ihm gesagt habe, schweigend und freundlich. Ich habe gedacht, er redet vielleicht mit mir, aber es war doch wieder indonesisch. Und diesmal habe ich nicht nur gut zugehört, ich habe heimlich das Mikrofon in meinem Handy eingeschaltet. Wir sind auf den Parkplatz gefahren, unter einem Vorwand habe ich ihn anhalten lassen. Er ist ausgestiegen und hat sich den Berg angeschaut, der heute kahl ist, früher war er grün und bewaldet. Er hat ihn angeschaut, regungslos, ich glaube, es ist die einzig mögliche Regung, die man bei diesem Anblick haben kann. Ich muss mir merken, dass man diesen Berg regungslos anschauen muss, ich habe mich bisher immer irgendwie bewegt oder etwas gesagt, oder bin von einem Bein aufs andere getreten, ich habe nie richtig gewusst, wie ich mich bei diesem Anblick verhalten soll, aber Bruderherz hat mir gezeigt, es gibt nur diese eine Möglichkeit.

Währenddessen bin ich im Auto geblieben und habe das Mikrofon eingeschaltet. Was sagst du dazu?, habe ich gefragt, als er wieder eingestiegen ist. Das Handy ist auf einer Ablage unter dem CD-Player gelegen, ganz harmlos wirkt es da. Cora gal maralt ibolotte nogesk, antwortete er, das hat die Aufnahme später ergeben. Das ist Indonesisch, hat er dazu nur gesagt. Ich habe aber hernach in der Bibliothek nachgesehen, in der Fremdsprachenecke in der Bibliothek, und tatsächlich war auch ein indonesisches Wörterbuch darunter, ich habe nachgesehen, es gibt weder das Wort *cora* noch *gal* noch *maralt. Ibolotte* auch nicht. Die anderen habe ich mir gespart nachzublättern. Später hat er noch ein paar Sätze gesagt, ich habe alles gelöscht, ich weiß nicht, in welcher Sprache er mir sagen will, was er mir nicht sagen will.

Es ist wieder richtig warm geworden, heiß fast schon, die Kollbach wird immer dünner und ausgemergelter, gerade so wie die Kramer Anne, die jeden Tag ins Fitnessstudio geht und sich danach noch unter die Sonnenbank legt, sie sieht jeden Tag schlimmer aus, fühlt sich aber immer schöner. Obwohl, das kann nicht sein, denn wenn man sich immer schöner fühlt, würde man es irgendwann nicht mehr aushalten, so schön zu sein und dabei noch schöner zu werden, man würde unbedingt aufhören wollen, immer schöner zu werden, und also würde man aufhören, ins Fitnessstudio und unter die Sonnenbank zu gehen, damit das Schönerwerden stoppen würde. Das macht sie aber nicht, die Anne, sie geht erst recht ins Fitnessstudio und unter die Sonnenbank, weil sie merkt, dass sie immer schrecklicher aussieht und dass alles immer schrecklicher wird, und weil ihr nichts anderes einfällt, um dem Einhalt zu gebieten. Weil ihr keiner gesagt hat, dass es auch noch etwas anderes gibt, und vor allem, weil es einfach nichts anderes gibt. Außer der Kirchenbibliothek vielleicht.

Kennst du die Kramer Anne noch?, frage ich ihn, er schüttelt den Kopf, aber diesmal glaube ich, er tut nur so, natürlich weiß er noch, wer die Kramer Anne ist. Wir sind mit ihr zum Rauchen gegangen, hinten im Wald in den Rohbauten, da, wo jetzt die neue Siedlung ist. Ich erkläre ihm den Zusammenhang zwischen der Kramer Anne und der ausgemergelten Kollbach, er hört mir konzentriert zu, während er den Wagen lenkt und über die Grenze fährt, zur Tankstelle, tankt, bezahlt, während ich nach den Aufnahmen schaue und neue Aufnahmen vorbereite, weil die bisherigen nicht sonderlich ergiebig waren. Dann hat er mich zum Essen eingeladen.

In Marktl, da waren wir damals bei seiner und meiner Firmung gewesen, er hat damals eine goldene Uhr geschenkt bekommen, von seinem Paten, und ich eine goldene Kette mit einem Anhänger, ein Kreuz, von der Tante Margarete, meiner Patin. Ich habe meine Kette verloren, ein paar

Monate später schon. Tante Margarete weiß es bis heute nicht. Ich frage ihn nach seiner Uhr: Hast du die goldene Uhr noch, die du zur Firmung bekommen hast, vom Onkel Peter? Er kann sich an keine Uhr mehr erinnern.
Warum wohnst du nicht bei uns?, habe ich dann gefragt. Du könntest in unserem alten Zimmer wohnen, ich könnte auf der Couch im Wohnzimmer schlafen, habe ich gesagt, es macht mir nichts aus, ich freu mich so, dass du wieder da bist, habe ich gesagt, warum bleibst du nicht, ich bin auch geblieben, bleib doch. Er hat mich angeschaut, traurig und freudig gleichzeitig, wie kann das gehen, dachte ich mir, dass man das eine und das Gegenteil von dem einen gleichzeitig ist.

Als wir aussteigen, fällt eine Straßenkarte aus dem Seitenfach der Fahrertür, es ist die Donau darauf abgebildet, ich werde mir die Städte durch den Kopf gehen lassen, durch die die Donau fließt.

8

Als Kind war ich ein Wildfang, ich habe dieses Wort später in einem Buch gelesen, in einem Buch über ein Mädchen aus Hamburg, dessen Mutter gestorben ist, weswegen es zu Verwandten in die Berge kommt, von denen es sich nicht verstanden fühlt, von denen es nicht verstanden wird. Seine Cousine sei ein Wildfang, hieß es darin, das Mädchen, still und zurückhaltend, habe unter ihr gelitten. Was ist ein Wildfang?, fragte ich die Mutter, die gerade Kartoffeln für die Knödel gerieben hat. Die Mutter hat die Stirn in Falten gelegt und nachgedacht. Ein paar Mal setzte sie an, etwas zu sagen, aber es war wohl nicht das Richtige, deshalb zuckte sie bald mit den Achseln: Frag den Vater. Dann machte sie mit den Kartoffeln weiter.

Meine Beine sind natürlich dieselben, die sie schon immer waren. Und gleichzeitig auch nicht. Wie kann etwas dasselbe sein, obwohl es sich ständig ändert, ich versuche den Satz zu Ende zu denken, ich versuche, logisch zu sein, ich finde keine Logik. Ich finde immer nur den einen Satz und dann den anderen Satz und dann vermischt sich der Anfang des einen mit dem Ende des anderen, bis ich denke, dass dasselbe sich vielleicht verändert, und ich frage mich, ob dasselbe dann immer noch so heißen darf, wenn es ja gar nicht mehr dasselbe ist. Aber bald habe ich keine Lust mehr, diese Dinge zu Ende zu denken, denn es ist ja eh egal, denke ich, während ich laufe, dasselbe ist eh egal, es verändert sich ja sowieso, denke ich.
Die Gedanken kommen mir beim Laufen. Sie laufen mit mir mit, während ich meine Kilometer abreiße, wenn ich über eine Wurzel springe, wenn ich langsamer werde, weil es steil bergauf geht, wenn ich schneller werde, weil der Weg eben wird und sich zieht, und wenn ich kilometerweit im Einheitstempo vor mich hintrotte. Und wenn ich aus meinen Gedanken und meinem Laufen wieder aufwache, bin ich schon fast an der Mühle, dann bleibe ich stehen und schaue, ob das Wasser in den Schöpfen heute genauso aussieht wie es gestern ausgesehen hat, und während ich darüber nachdenke, denke ich schon wieder etwas anderes und trabe langsam weiter. Bis ich hinterm Höckhof schon wieder auf der Hauptstraße bin und Herrn Schmitt zuwinke und dem Ehepaar Huttersberger ausweiche und der alten Frau Germering den Rollator auf den Gehweg hebe, während sie flucht wie ein Bürstenbinder.

Ich helfe ihr oft, der alten Germering, so wie ich auch dem Schmitt helfe, wenn seine Schafe abgehauen sind, und so wie ich den Huttersbergern helfe, wenn das Auto nicht anspringt. Ich schiebe und laufe und drücke und rufe. Vom Schwimmen und vom Laufen bin ich kräftig, ich muss vor niemandem Angst haben, auch vor wilden Tieren hätte ich keine Angst, wenn es welche gäbe. Wenn ich den Leuten helfe, ärgern sie sich, weil ich es bin, die ihnen hilft. Sie fänden es passender, wenn sie mir helfen würden. Ich weiß, dass sie über mich reden und sich nach mir umschauen und den Kopf schütteln, weil sie sich wundern über mich, wundern, dass man so sein kann, wie ich bin. Manchmal werden sie wütend, dass sie sich wundern müssen über mich.

9

Ich habe dauernd Angst, ich könnte ihn treffen in dieser Ortschaft, die viel zu klein ist, für ihn, aber auch für mich, für alle eigentlich. Weil die Ortschaft zu klein ist, gehen immer mehr Menschen aus Kollbach fort, und so wird es natürlich ständig noch kleiner, und wenn Kollbach früher nur ein bisschen zu klein war, dann ist es jetzt viel zu klein. Dass er weggegangen ist, kann ich ja verstehen, das können viele verstehen, vielleicht sogar alle, aber warum ist er wiedergekommen? Meine Gedanken kreisen um ihn, sie kreisen um ihn und kreisen um ihn, wie ein Sekundenzeiger über den Stundenziffern. An jeder Ecke drehe ich mich um, verstecke ich mich, um dann zu sehen, er war es gar nicht.

Die Petra, die bei mir Stunden nimmt, hat etwas gemerkt und mich gefragt, ob ich eigentlich an Gott glaube und ob ich jeden Morgen und jeden Abend bete. Vielleicht, habe ich gesagt, es geht sie nichts an, dass ich abends manchmal tatsächlich bete. Ob ich die Konnersreuther Resl kenne, hat sie mich gefragt. Kenne ich nicht, habe ich gesagt, ich habe so getan, als kenne ich sie nicht, ich wollte sie auch gar nicht kennen, ich wünschte, ich würde sie nicht kennen, deshalb tue ich so, als ob. Das ist da oben, im Oberpfälzer Wald, ob ich nicht mal mitfahren will. Die Resl hat aus den Augen geblutet und an den Händen und Füßen eitrige Wunden gehabt, an derselben Stelle wie Jesus, als sie ihn ans Kreuz genagelt haben.
Aber wieso dann aus den Augen geblutet?, frage ich und glaube mir schon selber, dass ich sie nicht kenne, dass ich noch nie von ihr gehört habe. Das sind die Tränen des Schmerzes, hat die Petra gesagt: Man nennt das Stigmatisierung.
Lebt sie noch, habe ich gefragt, aber die Petra hat mich ausgelacht, freilich zu Recht ausgelacht, sie ist natürlich tot, die Resl, lacht sie, die ist doch schon uralt, selbst eine gebenedeite Frau wird keine 150 Jahre alt, warum auch, man braucht nicht so lange zu leben, um gebenedeit zu sein, erklärt die Petra in ihrem ernsthaftesten Ton. Ein paar Frauen vom Chor wollen eine Pilgerfahrt dorthin machen, sie soll seliggesprochen werden, die Resl, und das nur, weil sie zur richtigen Zeit geblutet hat, denke ich und werde zornig, dann könnte man ja gleich alle Frauen seligsprechen, hab ich gesagt, aber die Petra hat nicht mehr gelacht und ist beleidigt nach Hause gegangen, obwohl sie gerade noch so fröhlich war. Blöd, dass ich das gesagt habe, ich hoffe, sie kommt trotzdem weiter zu den Stunden, ich brauche das Geld, weil sie gut zahlt und regelmäßig trainiert, sie ist sehr talentiert, sage ich ihr immer.

Tatsächlich ist kaum jemand talentierter als die Petra mit ihren Heiligen und Seligen, von denen der Vater gesagt hat, das ist der Männerersatz für die Petra. Wenn die Petra schwimmt, sieht sie aus wie Moses, vor dem das Wasser zurückgewichen ist, das Rote Meer, es ist vor ihm zurückgewichen, er hat gar nicht mehr schwimmen müssen. Wenn die Petra schwimmt, macht das Wasser im Schwimmbad auch genau das, was die Petra ihm befiehlt, sie schwimmt mit so viel Kraft, dass es gar nicht nötig wäre, ihr Technik beizubringen. Manchmal habe ich Angst, der Petra überhaupt irgendeine Technik beizubringen, weil sie ihre Kraft verlieren könnte, wenn sie sie nicht mehr braucht.
Du hast deinen Stil gefunden, sage ich zu ihr, sie kommt aber immer wieder, jeden Dienstag, seit ein paar Jahren kommt sie jeden Dienstag um halb acht ins Schwimmbad, sie setzt eine Bademütze auf, die an den Seiten schon eingerissen ist, sie springt ins Wasser, sie braucht sich nicht warm zu schwimmen, sie ist schon warm vor Kraft, andere Badegäste schwimmen respektvoll an den Rand, wenn die Petra durchs Wasser schießt. Dabei sieht sie noch nicht einmal anmutig oder geschmeidig aus. Sie sieht aus wie eine bestimmte Sorte seltener Fisch, vor der man erstaunt zurückweicht. Man wagt es kaum, ihr zuzuschauen, so anstrengend sieht das aus, was sie da macht. Das Wasser hat die Petra sofort ins Herz geschlossen, das sieht man dem Wasser an, denn wenn die Petra das Schwimmerbecken betritt, interessiert sich das Wasser nur noch für sie. Und die Petra rackert sich ab für das Wasser, als könne sie es nur auf diese Art und Weise vor dem Teufel oder vor wem auch immer retten.

Nach dem Dienstagtraining mit der Petra brauche ich mindestens einen Tag Pause, ich gehe dann einkaufen oder spazieren und manchmal laufe ich durch den Wald im

Dauerlauf, wie ich es als Kind schon gemacht habe. Und an jenem Mittwochabend habe ich einen Entschluss gefasst und bin zum Häuslerhotel gelaufen, durch den Wald, abends laufe ich am liebsten, es ist still und knackt an allen Ecken und Enden und die Viecher denken, du bist einer von ihnen.

10

Beim Fasslwirt treff ich jetzt schon zum dritten Mal auf die Kramer Anne. Wochenlang sieht man sie nicht, aber in letzter Zeit ist sie mir ununterbrochen über den Weg gelaufen. Die Kramer Anne will, seit ich sie kenne, hoch hinaus mit sich selbst, sie war die erste, die geraucht hat, sie war die erste, die einen Anrufbeantworter benutzt hat, sie war die erste, die keinen Anrufbeantworter mehr benutzt hat, weil sie eine Mailbox auf ihrem Handy eingerichtet hat.

Immer wenn ich die Kramer Anne sehe, bekomme ich ein ängstliches Gefühl, weil ich weiß, dass sie mir immer ein paar Schritte voraus sein wird, und ich aber nicht weiß, wie ich ihr beweisen soll, dass es mir egal ist, wie viele Schritte sie mir voraus ist. Ich ärgere mich, dass die Existenz der Kramer Anne mich in solche Umstände bringt, dass ich gleich panisch werde, wenn ich sie sehe, ich will sofort weglaufen. Aber das geht in so einer kleinen Ortschaft wie Kollbach nicht, dass man dauernd vor einer Person wegläuft, wie auch die Kollbach versucht vor allen, die im Dorf wohnen, wegzulaufen, in einem wilden, ziellosen Zickzack, aber es ist schon von vorneherein klar, dass es kein Entrinnen gibt.

Und so versuche ich auch diesmal, als ich die Kramer Anne beim Fasslwirt treffe, meinen Wunsch wegzulaufen durch unterwürfiges Verhalten auszugleichen, ich grüße, deute sogar einen leichten Knicks an und schleiche mit hochgezogenen Schultern an einen Tisch in der Nähe der Küche. Der Fassl Manfred nickt mir zu; wir kennen uns aus der Schule, wir sind in eine Klasse gegangen, und schon damals hat man sehen können, dass der Fassl Manfred einmal gerne viel trinken würde, den Hang zur roten Nase und zur massigen Gestalt hat er schon damals gehabt, und das, was der Alkohol aus so einem schüchternen Menschen macht, nämlich dass er lustig und froh und gesellig wird, das hat ihm jeder gegönnt: Denn jeder hat den Fassl Manfred gemocht, aber keiner wollte mit ihm zu tun haben, weil seine Schüchternheit wahnsinnig anstrengend war. Nur Bruderherz und ich haben ihn dabei sein lassen, manchmal war er in unserer Bande mit dabei, weil wir sowieso ununterbrochen mit uns beschäftigt waren und es deshalb egal war, ob der Fassl Manfred mit dabei war oder nicht, er störte uns jedenfalls in keiner Weise, er verlangte nicht mehr als dabei zu sein und keine Aufmerksamkeit zu bekommen, und da war er bei uns gerade richtig, von uns hat keiner Aufmerksamkeit zu erwarten gehabt.

Der Fassl Manfred hat es uns nie vergessen, dass er mit uns in einer Bande sein durfte, und wann immer ich, was sicher zweimal die Woche passiert, nicht bei den Eltern sein möchte, weil ich am Zweifeln bin, ob es richtig ist, bei den Eltern zu sein, sitze ich beim Fasslwirt, zu dem mein alter Schulkollege Manfred Fassl geworden ist, seit er 24 Jahre alt und Halbwaise vom Vater her geworden ist, welcher vor ihm der Fasslwirt war, und noch weiter vor ihm war es eben nicht der Großvater, sondern der Bruder vom Großvater seiner Frau.

Ich frage mich, was die Kramer Anne beim Fasslwirt zu suchen hat, da die Kramer Anne weder Bier noch Schweinebraten noch Kaiserschmarrn zu sich nimmt. Wenn sie überhaupt irgendetwas zu sich nimmt, dann schon eher Fruchtriegel oder Äpfel oder ein isotonisches Getränk.
Heute aber sitzt die Kramer Anne beim Fasslwirt, sie ist allein wie ich und sie prostet mir, als ich an ihr vorbeigehe, mit einem Glas zu, in welchem sich eine helle durchsichtige Flüssigkeit befindet, die kein Wasser ist, wie ich unschwer daran erkennen kann, dass die Flüssigkeit schwer im Glas liegt, zumindest schwerer, als es ein Wasser tun könnte. Es ist wahrscheinlich so etwas Ähnliches wie ein leichter Weißwein. Ein Bier, fragt der Manfred, aber ich sage, ohne zu wissen, dass ich das tatsächlich sage: Bring mir dasselbe wie der Kramerin. Und kaum habe ich meine Bestellung ausgesprochen, macht die Kramer Anne genau das, was ich irgendwie geahnt habe: Während sie mich vorher schon heimlich fixiert hat, schaut sie jetzt ganz offen und überrascht zu mir herüber, steht auf, nimmt ihr Glasl und kommt an meinen Tisch.
Servus Luise, sagt sie und ich grinse blöd, und in meinem Grinsen spüre ich die ganze Angst, die ich vor der Kramer Anne habe, und heute, das merke ich genau, ist der Tag, an dem ich diese Angst verlieren werde.

11

Und dann bin ich vor dem Hotel gestanden. Es ist ja gar kein Hotel, es ist eine Pension. Wahlweise mit Frühstück, Halbpension, Vollpension. *Fremdenzimmer frei – internati-*

onales Publikum steht auf einem Schild, das Herr Häusler am Gartenzaun befestigt hat. *Hotel Häusler* steht über der Eingangstür, knapp unter dem Wellblech, welches die Eingangstür, den Gast an der Eingangstür und die Fußmatte, auf der *Welcome* steht, vor Regen schützt. Zu den Häuslers gehen nur Fremde, deshalb ist die Bezeichnung Fremdenzimmer richtig, das weiß jeder, der nicht fremd ist in Kollbach, der aber dennoch ein Zimmer braucht. Für Verwandte zum Beispiel oder weil es einen Wasserschaden gegeben hat und ganz selten auch, wenn ein Kollbacher Geschäftspartner eingeladen hat wie vor knapp fünf Jahren, als die Frau Schmitt einen Vietnamesen zu Besuch hatte, der ihr Spinett kaufen wollte, das angeblich aus dem 16. Jahrhundert stammt. Seit Jahren behaupten die Schmitts, dass das Instrument das älteste Spinett ist, das in Niederbayern existiert, aber ich frage mich, woher wollen sie das wissen, sie kennen ja kaum jemanden, der nicht aus Kollbach, Dirnaich, Pirka, Watzenhub oder höchstens noch aus Gangkofen stammt.

Sie wisse es aus dem Internet, hat die Frau Schmitt behauptet, aber auch im Internet steht noch lange nicht alles, was es gibt auf dieser Welt, hat der Vater gesagt. Der vietnamesische Händler hat über das Internet Kontakt mit der Schmitt aufgenommen, er hat eines Tages angerufen aus Vietnam, mit einer 0084 beginne die Telefonnummer, hat Frau Schmitt ganz aufgeregt erzählt, als sie beim Friseur war, denn unmittelbar nach dem Telefonat mit dem Herrn Hoang Dinh aus Vietnam war sie schon beim Friseur. Sie hatte wirklich ganz zufällig einen Friseurtermin, nachdem überraschend Herr Hoang Dinh aus Vietnam bei ihr angerufen hatte und sie mit ihm ein mehrminütiges Telefonat geführt hatte. Er sei aus Hanoi, sagte sie der Rosi, die ihr die Dauerwelle legte, und Hanoi, das ist die Hauptstadt von Vietnam.

Es stellte sich heraus, dass sich Frau Schmitt ausschließlich auf Englisch mit dem Herrn Dinh verständigt hatte, und alle Leute aus Kollbach, die mit Frau Schmitt auf der Realschule gewesen sind, konnten sich mit einem Mal wieder daran erinnern, dass Frau Schmitt, die damals noch Lehner geheißen hatte, geradezu ein Ass im Englischen gewesen war, dass ihr das Englische praktisch nur so zugeflogen war, es war, hat Frau Schmitt selbst gesagt, mit dem Englischen immer so gewesen, als habe sie es in den Genen. Jedenfalls sei es ihr immer leicht gefallen, das Englische zu sprechen, zu lesen, überhaupt es zu verstehen, und auch wenn sie an die fünfzehn Jahre lang bestimmt schon kein Englisch mehr gesprochen und gelesen habe, so habe sie es doch nie verlernt. Obwohl man normalerweise eine Fremdsprache verlernt, wenn man keinen regelmäßigen Umgang mit ihr pflegt.

An Herrn Hoang Dinh aus Vietnam musste ich sonst immer denken, wenn ich bei den Häuslers vorbeiging, wie wahrscheinlich alle an Hoang Dinh denken müssen, wenn sie beim Häusler vorbeigehen. Bevor Hoang Dinh in Kollbach aufgetaucht war, haben alle sich höchstens nur vorgestellt, dass internationale Gäste nach Kollbach kämen. Aber dann kam Hoang Dinh tatsächlich, er war der erste internationale Gast in Kollbach. Die Schmitts hatten ihn bei den Häuslers untergebracht, weil es kein anderes Zimmer mehr gegeben hatte, es war kurz nachdem die Kollbach über ihr Ufer getreten war, kurz nach dem heftigen Sturm vor fünf Jahren, als alle Zimmer in der Umgebung belegt waren, weil das Unwetter und das Hochwasser so viel Schaden angerichtet hatten, dass einige Kollbacher nicht mehr in ihren Wohnungen wohnen konnten, und ausgerechnet in dieser Zeit tauchte Herr Dinh auf, um sich das Spinett der Schmitts anzuschauen und ein paar Tage lang die niederbayerische Gastfreundschaft zu genießen, wie die Frau Häusler sich ausdrückte.

Was aus dem Spinett geworden ist, weiß keiner, die Schmitts haben ein Riesengeheimnis darum gemacht. Herr Dinh reiste eines Tages ziemlich plötzlich ab, nachdem er mit dem gesamten Dorf mindestens einmal beim Fasslwirt angestoßen hatte. Die Leute reden heute noch davon. Damit sie sich was drauf einbilden können, dass sie einmal in ihrem Leben mit einem Chinesen angestoßen haben, hat der Vater gesagt, aber schließlich hat auch er mit dem Herrn Dinh angestoßen, mit einem Obstler, den Herr Dinh bezahlt hat, weil der Herr Dinh gedacht hat, in Niederbayern sei es Sitte, ununterbrochen mit Obstler anzustoßen. Alle mochten Herrn Dinh und alle fanden es ein bisschen traurig, als er wieder abgereist war, aber gleichzeitig waren wir auch alle froh, weil wir nicht gewusst hätten, was wir auf Dauer mit ihm hätten anfangen sollen.
Ein paar Tage später kam ein großer Möbelwagen und lud eine große Kiste ein, aber die Gemmerin, die bis dahin bei den Schmitts sonntags immer zum Kaffee war, hat überall herumerzählt, dass es das Spinett nicht habe sein können, das abgeholt worden war, weil es nämlich im Schlafzimmer stehe, seit Neuestem, genau genommen, seit Herr Dinh wieder abgereist war.

Ich bin vor dem Häuslerhotel gestanden und habe mich gefragt, warum Bruderherz dort eingezogen ist. Er ist nicht fremd, er ist kein Vietnamese, und nur der Umstand, dass er seit Neuestem indonesisch oder vielleicht auch malaysisch spricht, auf jeden Fall aber malaiisch, kann ja nicht der Grund sein, dass er alles anders macht, als man es in Kollbach macht, als auch Bruderherz es in Kollbach immer gemacht hat. Ich bringe es einfach nicht über mich, bei den

Häuslers zu klingeln und nach Bruderherz zu fragen. Ich habe keine Lust, mich mit Malaria anzustecken. Ich habe keine Lust, mich mit irgendetwas anzustecken. Ich setze mich an die Bushaltestelle auf der gegenüberliegenden Seite, obwohl der nächste Bus erst um 5 Uhr 50 fährt, am nächsten Morgen.

12

Wir sitzen im Wohnzimmer, alle miteinander, wir versuchen miteinander zu sprechen, wie wir immer schon versucht haben miteinander zu sprechen, leider haben wir vergessen uns Gedanken zu machen, worüber wir überhaupt sprechen wollen. Wir spielen, als ob wir miteinander sprächen, als hätten wir eine Gebrauchsanweisung gelesen, die wir nun abhaken, eingeübte Sätze, die wir in unterschiedlichen Betonungen aufsagen, immer in der Hoffnung, sie würden passen; aber sie passen nie. Irgendetwas stimmt an diesen Sätzen nicht, aber wir geben nicht auf, wir sind eine Familie, wir gehören zusammen, deshalb geben wir nicht auf. Als leuchtendes Beispiel voran geht tapfer die Mutter, dann folgt ihr schon der Vater, der sich alle Mühe gibt, und auch mich stecken sie immer wieder an, mit ihren Wohnzimmergesprächen, die nur den Zweck haben, ihren Zweck nicht zu erfüllen und so zu tun, als wäre es egal, worüber man spricht, als käme es nur darauf an, dass man spricht, wovon jeder weiß, dass es falsch ist. Auch Bruderherz hat einmal mit Begeisterung an diesen Sprechgelübden teilgenommen, seine Rolle war die des Schweigenden, jahrelang dachte er, er sei der Einzige, der wirklich verzweifelt ist, und jahrelang dachten auch wir, er sei der Einzige, der wirklich verzweifelt war, aber so verzweifelt kann er ja nicht gewesen sein, sonst säße er jetzt nicht hier auf der Couch neben mir und nähme seine alte Rolle ohne weitere Umstände ein. Er schweigt. Diesmal schweigt er anders, er hat eine neue Variante mitgebracht aus seiner fünfjährigen Abwesenheit, es ist die indonesische Variante: Jo na regatolotto oder hinsegerem luipoldtschar listimangent, etwas in der Art wirft er ein, ich frage, ist das Indonesisch, er nickt, er schaut mich mit hellen großen Augen an, seine Augen waren früher nicht so groß, fällt mir auf, was hat er erlebt, das seine Augen so groß werden ließ, so gierig und groß. Worauf sich diese Gier bezieht, das weiß ich nicht, früher war sie nicht da, diese Gier. Er wirkt, als lauere er auf etwas, auf etwas, das jeden Moment zwischen den Zweigen hervorspringen könnte, ein Rehkitz vielleicht oder ein Hase. Ich merke es auch den Eltern an, sie spielen ihre Rollen, aber ihre Seitenblicke haben sich verändert, sie schauen wach zur Seite, der Vater zur Mutter, die Mutter zu mir, die Mutter zu Bruderherz, der Vater zu mir, ich zum Vater, ich zur Mutter, die Mutter zu Bruderherz, die Mutter zum Vater, die Worte bleiben dieselben, nur die Blicke sind andere, ich habe sie vorher nie gesehen.

Der Vater hat ein Fotoalbum aus der Schrankwand geholt, er hat wahllos Seiten aufgeschlagen, die er Bruderherz unter die Nase gehalten hat, er hat verschiedene Geschichten zu diesen Seiten erzählt, und Bruderherz hat ihn erstaunt angesehen und einmal hat er gesagt: Aber ich erinnere mich nicht. Gar nicht?, hat der Vater nachgefragt, er hat es so spontan gefragt, dass es ein neuer Satz geworden ist, ein Fragesatz, der bisher in keinem Drehbuch stand, fast hätte der Vater sich verraten, hätte das *gar* in *gar nicht* seine Enttäuschung verraten, aber dann hat er schnell wieder zurückgefunden zu seinem wohlwollenden Tonfall, macht ja nichts, dass du dich nicht erinnerst, dafür sinds ja da, die Fotoalben, dass man sich erinnern kann. Aber er erinnert sich gar nicht, sage ich und betone das *gar,* und die Mutter sagt: Geh, jetzt hör schon auf, er wird sich doch erinnern. Nach dem Fotoalbum ist die Fernsehzeitung dran, der Vater hat sie durchgeblättert, mehrmals, kommt nichts Gscheites heute, hat er wiederholt gesagt, und die Mutter hat ihm die Zeitung aus der Hand genommen, irgendwas wird doch kommen, die Zeitung studiert, ein paar Mal geseufzt, mit dem Kopf geschüttelt, gebrummt und einmal sogar kurz aufgelacht, ohne eine Nachfrage von uns zu erwarten, warum sie lache, und schließlich die Zeitung wortlos weggelegt. Dann haben wir uns alle drei wortlos angesehen, mit einem Schmunzeln in den Augen, dass wir dieses Gespräch hinbekommen haben, dass dieses Gespräch ein gelungenes Gespräch geworden ist, dass auch die anderen Wortwechsel nicht die schlechtesten waren heute Abend, und Bruderherz schaut auf uns, mit dieser Gier in den Augen, und sagt, ich geh dann mal, bis morgen.

13

Manchmal hat mich die Katharina abgeholt, nachmittags, zum Hausaufgaben machen, hat sie zu meiner Mutter gesagt, aber wir beide wussten, dass es nicht stimmt, und ich war stolz darauf, dass ich in der Lage war, die Mutter anzulügen. Das habe ich in sehr kurzer Zeit von der Katharina gelernt, dass man nicht zwangsläufig die Wahrheit sagen muss, dass man selber entscheiden kann, ob man die

Wahrheit sagt oder nicht. Die Katharina hat nur dann die Wahrheit gesagt, wenn es eh egal war. Wir sind in die Rohbauten zum Rauchen, die Kramer Anne war da, und noch ein paar andere, die auch in der Pause abseits standen.
Möchtest du dich mal verlieben, fragte mich die Kramer Anne plötzlich, noch nie zuvor hatte sie mit mir gesprochen, und jetzt fragte sie. Ich war so froh, dass sie mich etwas gefragt hatte, dass ich sofort ja sagte. Dann gab sie mir einen Zettel, auf dem stand: Morgen um drei im Wenkhaus. Dein Gerd.
Der Gerd war der Cousin von der Kramer Anne. Ich ging am nächsten Tag hin, aber ich ging als eine andere zurück.

Dabei hatte es gut angefangen, als ich ins Wenkhaus kam, es lag eine Matratze mit einer grünen Decke auf dem Estrich, die offenen Fenster waren mit Vorhängen notdürftig verdeckt.
Damit kein Wind hereinweht, damit du nicht frieren musst, sagte der Gerd und sah dabei aus, als ob er sich für etwas entschuldigen wollte, das er gar nicht verursacht hatte; neben der Matratze brannte eine dicke Friedhofskerze. Dabei hätte man einfach die Vorhänge aufziehen können, denn es war kein bisschen kalt draußen. Der Gerd fragte, ob wir uns hinlegen sollten, und weil der Gerd der Cousin der Kramer Anne war, sagte ich ja; wir legten uns auf die Decke und Gerd nahm mich in den Arm und in den anderen Arm nahm er mich auch und so hielt er mich fest. Er zutzelte an meinem Hals herum, es gefiel mir ausnehmend gut. Auch sein Geruch gefiel mir gut und die Art, wie er mich hielt, nicht zu fest, aber auch nicht zu lose. Ich fing an, ebenfalls an seinem Hals herumzuzutzeln, doch bevor ich feststellen konnte, ob es dem Gerd ebenfalls ausnehmend gut gefiel, gab es ein lautes und schallendes Gelächter von der Tür her, ich schaute hoch, der Gerd sprang auf und

zog seine Jacke an, und ich konnte ihn nichts mehr fragen, so schnell war er weg.
Hereingefallen, hereingefallen, haben sie gerufen, die Anne, die Katharina und das Mädchen, das mich einmal auf dem Schulhof etwas gefragt hatte. Ich saß auf der Matratze, die Friedhofskerze flackerte, ich habe sie ausgeblasen. Sie wurde nicht mehr gebraucht. Sie war auch vorher nicht gebraucht worden. Sie war eine einzige Lüge. Ich wusste, dass ich mich hätte schämen sollen, dass es der Zweck der Sache gewesen war, mich zu beschämen, doch das Gefühl wollte sich nicht einstellen. Ich schämte mich nicht, ich saß einfach da und dachte daran, wie Bruderherz zu mir gesagt hatte: Es reicht, wenn du existierst. Es reicht nicht, dachte ich.

14

Der Vater wollte die Katze nicht. Noch nie hat er Katzen mögen. Das hat die Mutter gesagt. Der Vater hat eine Schwester, die heißt Hedwig und ist einmal von einer Katze angegriffen worden. Im Winter im Schupfen, wo das Brennholz gelagert war, waren jetzt die Katzen eingezogen. Es war so kalt gewesen, dass die Katzenfamilie sich nicht getrennt hatte, sondern die Katzenmutter mit ihren vier Jungen beieinander geblieben ist. Sie haben den Katzen ab und zu Milch hingestellt und manchmal einen Bissen vom Fleisch, wenn es welches gab. Manchmal haben sie in die Katzenschüsseln eine Suppen getan. Die kleine Schwester hat den Eltern jeden Abend das Futter für die Katzen abgebettelt, aber weil nie genug da war, war auch für die Katzen nicht genug da. Jeden Abend vor der Nachtsuppen ist sie in den Schupfen gegangen. Die mit ihrem guten Herz, hat der Vater immer gesagt. Zu gut für diese Welt, hat der Vater gesagt, aber es hat sich nicht freundlich angehört. Bruderherz und ich sind abends in den Betten gelegen und haben überlegt, warum gut in diesem Fall schlecht gewesen ist.

Die kleine Schwester vom Vater ist schon den dritten Tag mit leeren Händen gekommen, sie wollte die Katzen nur streicheln. Sie ist nur zum Streicheln gekommen. Aber Viecher und Menschen, hat der Vater uns erklärt, das geht nur gut, wenn der Mensch der Herr ist. Die Katzen haben sich ja untereinander gehabt, für die Streicheleinheiten haben die sich gehabt, sie haben die kleine Schwester nicht gebraucht. Die kleine Schwester aber hat die Katzen gebraucht. Der Mensch muss das Viech beherrschen, hat der Vater gesagt. Die Katzen haben leider nein gesagt. Sie haben nein zur gutmütigen Hedwig gesagt, die viel zu gut war für diese Welt.
Als sie so dagestanden ist in der Tür, mit dem blutig gekratzten Gesicht und dem Riss in der Jacke, da hat der Großvater sofort Bescheid gewusst. Aus ihrem Gesicht war die Gutmütigkeit wie weggeblasen, hat der Vater gesagt. Sie ist dagestanden, sie hat nicht geweint, es war so ein komischer Ausdruck in ihrem Gesicht. Direkt unheimlich, hat der Vater gesagt. Der Großvater ist aufgestanden, er ist in den Schupfen gegangen, er hat alle fünf Katzen am Krawattl gepackt und sie in den Schnee gesetzt. So, das habt ihr davon, hat die Hedwig gesagt. Sie hat es gesagt, als der Großvater mit aufeinandergepressten Lippen zurückgekommen ist an den Abendtisch. Er ist eine Weile so dagesessen. Dann hat er den Löffel genommen und die Suppen gegessen, die schon kalt geworden war. In der Suppen war nur Mehlschwitze drin, sonst nichts, hat der Vater erzählt.

Am meisten hat mir an der Geschichte gefallen, dass der Großvater das Recht des Menschen über die Viecher durchgesetzt hat, obwohl es ihm schwergefallen ist. Bruderherz hat an der Geschichte am besten gefallen, dass die Katzen sich nicht erpressen lassen haben. Wie es weitergegangen ist mit den Katzen, wollten wir wissen. Ob die Katzen erfroren sind oder verhungert. Ob man sie gefunden hat, wer sie gefunden hat, wann sie gefunden worden sind. Aber sie wurden nicht gefunden. Zumindest nicht in dieser Geschichte. Damals gab es nämlich keine Fotoapparate und keine Fotoalben. Deshalb hat der Vater sich nicht erinnern können, was mit den Katzen geschehen ist. Er hat das Ende einfach vergessen.

Dass die Katzen im nächsten Frühjahr gefunden worden sind, hat Bruderherz behauptet. Sie sind über die Kollbach gelaufen, sie haben es nicht weiter als nach Jägerdorf geschafft, wenn überhaupt, hat Bruderherz gesagt, und dann sind sie an der Kollbach festgefroren. Ihre Beine wurden immer schwerer, weil sie so müde waren, und irgendwann hat das Eis sie nicht mehr losgelassen. Na, dann hätte man sie ja gesehen, habe ich gesagt. Es ist Schnee draufgefallen, viel Schnee, man hat gedacht, es sei eine Schneewehe. Fünf Schneewehen? Warum nicht, hat Bruderherz gesagt. Warum nicht fünf Schneewehen?

15

An einem Werktag in den Ferien fuhren wir in den Oberpfälzer Wald. Der Oberpfälzer Wald grenzt an den Böhmischen Wald, und im Böhmischen Wald wohnt der Räuber

Hotzenplotz, hat mir Bruderherz erzählt, im Flüsterton, und wir haben lachen müssen, die Eltern lachten nicht mit, sie wirkten abwesend und ein bisschen so, als ob sie sich mit Zeichen über unsere Köpfe hinweg unterhalten würden, ohne dass wir es merken konnten, weil wir auf dem Kopf keine Augen haben.

Die Eltern hatten an jenem Tag einen sonderbaren Blick, wir kannten diesen Blick der Eltern noch gar nicht, sie hatten viele verschiedene Blicke, strenge, gütige, gleichgültige, abgewandte, zuweilen auch schmeichelnde. Nur dieser sonderbare Blick war nicht einzuordnen, er war nicht schmeichelnd, aber auch nicht unschmeichelnd, er war nicht streng, aber auch nicht unstreng. Wir mussten Sonntagskleidung für den Ausflug tragen, Bruderherz eine Wollhose und einen Wollblazer, ich ein Kleid und eine Strumpfhose, dabei gab es nichts, was ich mehr hasste als Strumpfhosen, noch heute habe ich Angst, die Strumpfhosen könnten meinen Beinen jegliche Luft zum Atmen wegnehmen, die Venen und Nerven und Knochen eindrücken, so dass sie unwiderruflich beeinträchtigt wären. Im Fernsehen hatte ich eine Sendung mit Zirkusartisten gesehen, ihre nackten Beine und Arme waren mit einer Goldhaut überzogen, und Bruderherz hatte irgendwo gelesen, dass es einen Artisten gegeben hat, der komplett mit dieser Goldhaut überzogen war und gestorben ist, weil die Haut nicht mehr atmen konnte. So fühlte ich mich in Strumpfhosen, wie im goldenen Käfig für Beine, ich konnte mich nicht bewegen, weil meine Beine nicht atmen konnten und es war nur noch eine Frage der Zeit, bis sie einfach absterben würden, weil sie erstickt wären, und es war mir ein Rätsel, warum meine Eltern das nicht einsehen konnten.

Wir fuhren in einen kleinen Ort mit einer großen grauen Kirche, mit heruntergekommenen Häusern und einem tristen Marktplatz. Wir gingen in ein Wirtshaus, das *Weisses Ross* hieß, doch das Schild, auf dem das weiße Ross abgebildet war, hätte einmal geputzt werden müssen, so vergilbt sahen die Schrift und das Ross und überhaupt das ganze Haus und der ganze Ort aus, wir gingen trotzdem hinein, wir durften aus der Speisekarte etwas bestellen, jeder konnte etwas anderes essen, etwas, was nur ihm schmeckte, und während wir auf das Essen warteten, ging ich aufs Klo, weil mir langweilig war. Bruderherz war mit sich und seinen Gedanken beschäftigt, ich wusste, dass er darüber nachdachte, was wohl der Sinn dieser Reise war, die im *Weissen Ross* endete, wo es für teures Geld dasselbe Essen gab, das wir auch zuhause hätten essen können.

Als wir aufgegessen hatten, schaute der Vater auf die Uhr und sagte, jetzt ist es soweit. Wir zahlten und betraten den tristen Marktplatz, wir gingen ein paar Schritte, da sagte der Vater, das da vorne, das ist es. Wir betraten ein niedriges Haus, von dem der Putz über der Haustür abgefallen war, eine ältliche Frau begrüßte uns mit einem ähnlich sonderbaren Gesichtsausdruck wie dem, den meine Eltern heute morgen aufgesetzt hatten, interessant daran war nur, dass meine Eltern und diese Frau einander gar nicht kannten, sich also diesen eigentümlichen Blick nicht voneinander abgeschaut haben konnten. Bruderherz sagte, da geh ich nicht hinauf, das könnts vergessen.
Gerade du gehst da mit hinauf, sagte der Vater drohend, ich verstand gar nichts, die Mutter sagte, sei gscheit, Bua, und Bruderherz fügte sich zu meiner großen Überraschung, also gingen wir alle vier hinauf.
Die Decken waren für die Erwachsenen wirklich niedrig, sie mussten die Köpfe einziehen, und ein Mann, der nur ein bisschen größer war als meine Mutter, hat sich den Kopf angestoßen an einem Türstock und laut Zefix gerufen.

In einem geräumigen Zimmer ist ein hölzernes Bauernbett gestanden, mit einer Federbettdecke, die wie der Bauch einer schwangeren Frau aussah, einer mit mindestens drei Babys schwangeren Frau, und über dem Bett hing ein riesiges Kreuz mit einem sehr dünnen Jesus daran, der traurig den Kopf hängen ließ. Auch ich war auf der Stelle so müde geworden, dass ich mich am liebsten in das Bett mit der schwangeren Bettdecke gelegt hätte, ich hätte das vierte Kind sein können, es würde gar nicht weiter auffallen, wenn ich mich dazulege, dachte ich, aber da entdeckte ich schon das Leinentuch, das in einem Schaukasten an der Wand war, es hatte Flecken wie von Rost drin, die Flecken strahlten, obwohl sie Flecken waren, eine unbeirrbare Sauberkeit aus, und über dem Schaukasten hing ein gerahmtes Schwarzweißbild, das eine alte Frau zeigte, die aus den Augen blutete. Aber nicht nur ein bisschen, so wie Bruderherz, als er sich mit den Kramerkindern geprügelt hatte und mit Nasenbluten und einem Riss über dem Auge nach Hause gekommen war, sondern eher wie ein Sturzbach blutete es aus den Augen heraus, und unter dem Bild stand:
Die blutende Resl, das Wunder von Konnersreuth. Auf dem Bild lag dieselbe Resl auf demselben Bett, und jetzt wurde es mir auch klar, das alles hatte sich in diesem Raum hier abgespielt.

Noch Monate später habe ich von diesem Bild geträumt, und ich habe Bruderherz gefragt, was er davon hielt, was daran das Wunder sein soll, wenn jemand aus den Augen blutet, und er sagte, nicht das Bluten sei das Wunder, sondern dass die blutende Frau Menschen, die in der Seele bluteten, heilen konnte. Und wie genau?, fragte ich. Er wusste es auch nicht. Vielleicht, weil sie es sichtbar machen würde, das Bluten.

16

Wir waren nicht immer zusammen, natürlich nicht, jeder geht allein aufs Klo, jeder liest allein ein Buch, jeder geht allein in seinen Sportunterricht. Aber meistens waren wir doch zusammen, wir spielten zusammen mit anderen Kindern Räuber und Gendarm, Piraten und Freiherrn, Indianer und Cowboy, und wenn wir gerade gestritten hatten, gehörten wir unterschiedlichen Banden an, und wenn wir nicht zerstritten waren, sind wir eine Bande gewesen, nur wir beide, unsere Bande gegen die anderen, gegen eine andere Bande, die aus Nachbarkindern und den Freunden dieser Nachbarkinder bestanden hat. Wir mussten keine Pläne schmieden, wir mussten keine Zeit damit verschwenden, uns über diese Pläne zu unterhalten, uns mitzuteilen, es gab einen viel direkteren Draht zwischen uns, von dem wir lange Zeit nicht wussten, dass er einzigartig war. Wir haben vielleicht angenommen, dass alle Menschen diesen direkten Draht zu mindestens einer anderen Person haben, wir haben es angenommen, aber wir haben es nicht gewusst, nicht genau zumindest. Wir haben uns nicht gewundert, dass dieser direkte Draht nur zwischen uns beiden bestanden hat und nicht zwischen Bruderherz und der Mutter, oder Bruderherz und dem Vater, oder mir und dem Vater, oder mir und der Mutter. Die Welt besteht aus Paaren, Gegensätzen und Zusammengehörigkeiten, sie hat immer schon aus Paaren bestanden, ich kann sie mir nicht anders vorstellen. Auch die Häuser sind immer paarweise dagestanden, die Autos, die Bäume, jedem Ding ordne ich ein anderes Ding zu, auch wenn ich selbst nur noch ein einzelnes Ding bin, vielleicht auch gerade deshalb, weil ich nur noch ein einzelnes Ding bin.

Und die Hunde im Dorf habe ich in Paare aufgeteilt, der Lechner Hasso und der Lell Waldi, der Germering Wasti und die Mädi vom Liebherr. Der Hasso und der Waldi haben dieselbe Fellfarbe, schwarz nämlich, deshalb gehören sie zusammen, und die Mädi und der Wasti sind genau das Gegenteil voneinander, Weiberl und Manderl nämlich, aber beides Dackel, und dann hab ich noch die dreifarbige Katze vom Schmied mit dem Kanarienvogel von unserer Mutter zusammengetan, weil es genauso selten ist, dass eine Katze vierfach gscheckert ist, wie dass ein Kanarienvogel einen blauen Schnabel hat. Der ist natürlich nicht angeboren, sondern nur deshalb blau, weil Bruderherz ihm statt Wasser Tinte zum Trinken gegeben hat.

17

Ich habe mich gefreut, richtig gefreut, genauso wie man sich als Kind auf den ersten Schultag freut, auch wenn der Vater gesagt hat, du bist zu blöd für die Schule, geh arbeiten, es ist an der Zeit arbeiten zu gehen, dein Bruder kann in die Schule gehen, aber du gehst besser arbeiten. Die Eltern haben mir etwas gesucht, Bruderherz hat gesagt, was muss sie denn arbeiten, aber die Eltern haben gesagt, jeder muss arbeiten, und ich habe gesagt, ich will ja eh.

Ich habe gedacht, arbeiten ist wie in der Schule sein. Man macht etwas und bekommt Noten dafür. Die Aufgaben sind klar. Die Noten sind überschaubar. Es gibt sehr gut und es gibt ausreichend und es gibt ungenügend. Wenn es nicht ausreicht, bist du für die Arbeit nicht geeignet.

Aber dann ist alles so gekommen, dass ich mich nicht mehr ausgekannt habe. Ich habe etwas nicht verstanden, was andere anscheinend ohne irgendein Problem verstehen, selbst der größte Trottel versteht, wie arbeiten geht.
Ich musste mich den anderen vorstellen. Die Luise bin ich, sagte ich, ich habe einen Bruder, der Ludwig heißt, aber der geht noch auf die Schule.
Die anderen nickten und hießen die Kollegen, sie hatten keine Namen. Nur ich hatte einen Namen, das unterschied mich von den Kollegen.
Ich sollte einem der Kollegen bei der Arbeit zusehen. Der Kollege hat mir einen Blick zugeworfen, den ich nicht verstanden habe, ich habe ihn angegrinst, aber es war vergeblich. Er ist dann vorausgegangen, ich bin hinter ihm hergegangen, was sollte ich sonst tun? Vom Flur gingen Türen ab, hinter denen Menschen an Schreibtischen saßen. Sie schauten mich an, nicht unfreundlich, das war es ja, sie waren nicht unfreundlich, sie waren alle ganz normal.
Der Kollege ist einfach immer weitergegangen, seine langen Beine schlotterten in noch längeren Hosenbeinen, und plötzlich beschleunigte er, als habe er einen inneren Antrieb, er beschleunigte ins Nirgendwo und schließlich verschwand er. Ich konnte den Raum sehen, in dem er verschwand, immerhin, doch als ich diesen Raum betrat, war er leer. Es war kein Mensch zu sehen, obwohl der Kollege ja soeben vor mir den Raum betreten hatte. Er ist verschwunden, dachte ich erleichtert. Ich bleibe einfach den ganzen Tag allein in diesem fremden Zimmer. Irgendwann wird einer kommen und mir sagen, dass ich wieder nach Hause gehen kann.

Auf den zweiten Blick sah ich ihn dann doch, meinen Kollegen, sah ihn an einem Regal stehen vor dem geöffneten Aktenordner. Der Kollege war vollkommen verschmolzen

mit dem Raum, er fiel in diesem Raum nicht weiter auf, er war der Raum. Ich habe ihn nicht sehen können, weil er der Raum war. Von diesen Vorgängen war ich so erschöpft, dass ich mich am liebsten auf den Boden gelegt hätte, doch ich riss mich zusammen und stellte mich hinter ihn.
Schau dem Kollegen einfach ein paar Tage über die Schulter, hatte einer der Kollegen gesagt, der einzige, der sich mir vorgestellt hatte, dessen Namen ich aber sofort wieder vergessen hatte, weil, dachte ich, das Gehirn sich erst langsam an neue Informationen gewöhnt.
Dann lernst du es in ein paar Tagen, sagte er, aber ich wusste ja gar nicht, was ich lernen sollte, ich dachte, es würde sich alles von selbst erschließen. Es hat sich eigentlich bis dahin immer alles von selbst erschlossen, bis zu diesem Tag. Deshalb war ich nicht darauf vorbereitet gewesen, dass es Dinge gibt, die sich nicht selbst erschließen, ich konnte nichts fragen, weil ich nicht wusste, was ich hätte fragen sollen. Es gab kein Geheimnis, das ich hätte entschlüsseln können. Der Kollege blätterte weiter seine Akten durch, es war, als wäre ich auf einem Abstellgleis gelandet. Als hätte man irgendeine Maschine, die für mein Funktionieren zuständig war, einfach abgeschaltet. Ich habe zuvor nicht gewusst, dass es eine solche Maschine in mir drinnen gibt. Jetzt wusste ich es.

Mehrere Stunden stand ich hinter dem Kollegen, sah ihm über die Schulter, er las und las und blätterte und las und ab und zu markierte er mit einem grünen Stift Wörter. Wörter, deren Bedeutung ich bis heute nicht verstanden habe. Es waren Namen und Zahlen, Namen von Menschen, die ich nicht kannte, Zahlen, die eine Anzahl von etwas bezeichneten, das mir nicht bekannt war. War er fertig mit einem Ordner, packte er den Inhalt des Ordners mit beiden Händen und drehte ihn auf Anfang. Dann legte er den Reiter auf die Blätter, drückte die Klammern hinunter, bis sie einhakten, und schloss die Akte mit einer erhabenen Geste. Auf einem Zettel hatte er Wörter notiert, deren Bedeutung ich ebenfalls nicht verstanden habe, die ganzen Wochen über, die ich bei dieser Arbeit verbracht habe, habe ich die Bedeutung nicht verstanden. Mit diesem Zettel und mit mir im Schlepptau ging er in einen Nebenraum. Er stellte sich vor weitere Regale, in denen weitere Ordner standen, öffnete so manchen Ordner, entnahm diesem Blätter von unterschiedlichem Aussehen, stellte die Ordner zurück in das Regal, ging zurück in den ersten Raum und legte die Blätter in einen Korb mit der Aufschrift *Ausgang intern.* Noch heute zucke ich innerlich zusammen, wenn ich in einem Kaufhaus, im Kino oder im Schwimmbad das Wort *Ausgang* lese. Jetzt du, sagte er.

18

Wir haben versucht, den Vater zu überreden, dass wir eine Katze haben können. Sie sollte im Schupfen wohnen, wir würden uns um sie kümmern. Der Vater sagte nein, jahrelang hat er nein gesagt. Einmal hat Bruderherz einfach eine kleine Katze mitgebracht und sie bei uns im Schupfen wohnen lassen; er hat sie gerettet aus dem Kartoffelsack vom Bauern, der seinen Hof direkt an der Kollbach stehen hat, es war der Bauer Hintergreiner, der schon tot ist, und seine Frau ist auch tot, sie sind bei einem Brand ums Leben gekommen, sie waren kinderlos und den Hof und das Grundstück hat hernach eine Supermarktkette gekauft. Der Bauer Hintergreiner hat alle kleinen Katzen im Dorf, die zu viel

waren, in einen Sack getan, den Lauf einer Schrotflinte in den Sack gesteckt und den Sack zugemacht. Mit der Flinte hat er in den Sack geschossen, den hat er auf den Müll geschmissen. Bruderherz hat gesagt, der Sack habe nur so getrieft, und auf dem Weg zum Müll habe er eine dicke rote Spur aus Katzenblut hinterlassen.
Hör auf mit dem Schmarrn, hat der Vater gesagt, so viel Blut haben die Katzerln gar net, und von dem bisschen Schrot schon gleich gar nicht.
Ich hab's aber gesehen, hat Bruderherz gesagt und am Schluss hat er geheult, weil der Vater ihm nicht geglaubt hat, und wir, die Mutter und ich, haben ihm dann auch nicht mehr geglaubt, und die Mutter hat ihn aufs Zimmer geschickt. Als ich mich neben ihn aufs Bett gesetzt habe, hat er einen starren Blick aufgehabt und gesagt, ihr werdets schon sehen, dass ich Recht hab.
Und dann hat Bruderherz das Katzerl heimgebracht, das er aus dem Sack vom Hintergreiner gerettet hat, und der Vater hat nichts dagegen unternommen. Die Mutter hat eine Schüssel aus dem Regal genommen, das war dann die Katzenschüssel. Das Katzerl hat Milch von uns bekommen, das Fressen musste es sich selber fangen. Der Vater hat ihm immer einen bösen Blick zugeworfen, wenn er es im Garten gesehen hat oder in der Auffahrt. Miststück hat er es genannt, obwohl das Katzerl ja gar nichts dafür konnte, für die Sache mit seiner Schwester Hedwig.

Aber einmal habe ich unseren Vater gesehen, wie er der Katze Milch gegeben hat. Sie hatte sich ins Haus geschlichen, als sie sich alleine wähnte im Haus. Auch ich wähnte mich alleine, und auch der Vater. Wir alle drei wussten nichts vom anderen. Zuerst fiel mir das Katzerl auf, das Richtung Speis schlich. Ich wollte es gerade locken, dann hörte ich den Vater, der mit leiser Stimme auf die Katze einredete.

Ich habe nicht verstanden, was er gesagt hat, nur den Tonfall habe ich mir gemerkt, er hat ihn selten benutzt. Er hat mich augenblicklich beruhigt. Dass der Vater diesen Tonfall an sich hatte. Er stellte der Katze eine Schüssel Milch auf den PVC-Boden in der Küche, und sie begann sofort damit, die Milch aufzulecken. Ein bisschen etwas hatte der Vater auf dem Boden verschüttet, und auch das leckte sie fleißig weg. Sie leckte die Schüssel und den Boden sauber. Sie hat den Vater nicht verraten. Trotzdem war das Katzerl am nächsten Tag tot.

19

Während ich unordentlich war, war Bruderherz immer ordentlich. Der Vater sagte zwanghaft. Zwanghaft wie die Mutter, sagte der Vater. Der Vater verachtete alles, was zwanghaft war. Zwanghaft war, dass die Mutter jeden Abend den Frühstückstisch für den Morgen deckte. Es durfte kein Tag vergehen, der nicht mit einem gedeckten Frühstückstisch begann. Selbst wenn die Mutter krank war, schleppte sie sich abends in die Küche, um den Tisch zu decken. Als Bruderherz im Krankenhaus war, weil er sich in der Nähe herumgetrieben hatte, als der Hintergreinerhof niederbrannte, weil er sich den Arm dabei verbrannt hat und man ein Stück Schenkelhaut an seinen Unterarm annähen musste, da ist die Mutter nachts um zwei Uhr nach Hause gefahren, hat den Frühstückstisch gedeckt und ist zurück ins Krankenhaus gefahren. Sie haben sie im Bett des jeweiligen Bereitschaftsdienstes schlafen lassen, weil sie sich geweigert hat, nach Hause zu gehen, eine Woche lang, bis

Bruderherz und sein Arm über den Berg waren. Außer um den Frühstückstisch für den nächsten Tag zu decken, war die Mutter nicht dazu zu bewegen, nach Hause zu gehen.

Bruderherz hat seine Bücher jeden Tag an denselben Platz neben dem Bett gelegt. Es waren immer zwei Bücher, ein Sachbuch, eine Erzählung. War er mit der Erzählung fertig, fügte er sofort eine neue hinzu. Das fertige Buch stellte er zurück ins Bücherregal, das alphabetisch geordnet war. Die wenigen Male, in denen ich mir ein Buch geliehen habe, hat Bruderherz mir einen Zettel mit der Ausleihfrist über das Bett gehängt. Noch 7 Tage, stand darauf. Am nächsten Tag: noch 6 Tage. Noch 5 Tage. So konnte ich kein Buch lesen. Ich gab es auf, Bücher zu lesen. Die Bücher, die ich lesen wollte, besaß Bruderherz. Wünschte ich mir eins von meinen Eltern zum Geburtstag, sagte der Vater: Das kannst du dir von deinem Bruder ausleihen, wünsch dir ein anderes. Der Vater hoffte, ihm damit seine Zwanghaftigkeit auszutreiben. Er nahm an, ich sei stark genug, um es mit der Zwanghaftigkeit des Bruders aufzunehmen. Aber im Gegenteil war es so, dass ich die Zwanghaftigkeit von Bruderherz bewundern musste. Alles war so klar und ordentlich in seinem Leben. In seinem Kopf war alles geordnet. In seiner Zimmerhälfte war alles geordnet. Er wusste über alles Bescheid. Er hatte zu allem eine Meinung. Er ließ sich von nichts und niemandem beirren. Während in meinem Kopf, in meiner Zimmerhälfte, in meinem Herzen der Zweifel tobte und alles durcheinanderbrachte, was auch nur annähernd ordentlich war.

Wann immer ich ein Buch brauchte, besuchte ich die Bibliothek. Doch viele Bücher hatte Bruderherz bereits ausgeliehen, und er reizte die Ausleihfrist immer zum Äußersten aus. Denn er musste ja immer auf seinem Nachttisch für Nach-

schub sorgen, was dazu führte, dass er die Bücher schon ein bis zwei Wochen, bevor er das andere Buch ausgelesen hatte, besorgt hat.
Die Bücher aus der Bibliothek, die als nächstes auf dem Nachttisch landen würden, hatten einen eigenen Platz in seinem Regal. Um sie von den anderen zu unterscheiden, waren sie farbig angeordnet, nicht alphabetisch. Bruderherz liebte seine Ordnung über alles, sie macht mein Leben interessant, hat er gesagt, es heißt auch Ordnungsliebe, sagte er. Ich kann immer auf einen Blick sehen, was es an Wunderbarem gibt, und ich kann immer unter allem Wunderbaren auswählen, hat er gesagt, und nichts von all dem Wunderbaren entgeht mir. Auch nichts von allem Schrecklichen entgeht mir. Dir, hat er zu mir gesagt, dir entgeht alles, dir entgleitet alles. Du kannst froh sein, dass du mich hast und ich dafür sorge, dass du wenigstens weißt, was in den Büchern steht, die du nicht gelesen hast, weil du zu nichts kommst vor lauter Unordnung und Zweifel.

Zwischen halb neun und halb zehn bin ich jede Nacht unter seine Decke gekrochen, habe seinen Körper, der so alt, so warm und mir so vertraut ist wie mein eigener, gespürt und ihm zugehört, wenn er mir vorgelesen hat. Und wenn er sein Vorlesen unterbrochen hat, um etwas zu erklären, denn auch an mir war Bruderherz alles so vertraut, dass er sofort wusste, wenn ich etwas nicht verstanden habe. Denn ich habe immer genau das nicht verstanden, was auch er beim ersten Lesen nicht verstanden hat. Wann immer Bruderherz etwas nicht verstanden hat, hat er eine Notiz gemacht. Deshalb wusste er, was ich nicht verstehen würde, selbst wenn er selbst es schon lange verstanden hatte.
Denn das meiste, das man nicht versteht, hat Bruderherz gesagt, versteht man deshalb nicht, weil der Verstand sich

an die klugen Gedanken erst gewöhnen muss. Ein Gedanke ist nicht wie ein Blitz, der über einen kommt. Ein Gedanke ist wie ein Zufluss, ist wie die Kollbach, je länger sie durch eine Landschaft fließt, desto stärker prägt sie diese Landschaft, und weil die Kollbach so unruhig verläuft, verlaufen wir alle so unruhig, vor allem du, sagte Bruderherz und meinte mich damit. Die Kollbach fließt jeden Tag durch unser Dorf und an unseren Feldern und an unserem Wald vorbei, hat Bruderherz gesagt, und deshalb ist es so logisch, dass sie da ist. Wäre sie nicht da, wäre alles anders. Aber es hat ja auch eine Zeit gegeben, da war sie nicht da. Da war Ruhe. Und Ruhe fällt niemandem besonders auf, nur Unruhe fällt auf. So ist es mit deinen Gedanken auch. Ein Gedanke kommt dir erst als Gedanke vor, wenn du dich an ihn gewöhnt hast, wenn er für Unruhe sorgt. Ein Gedanke allein sorgt nicht automatisch für Unruhe. Erst mit der Zeit bringt er alles durcheinander. Aber dann ist es schon zu spät, denn der Gedanke war schon viel früher da, lange Zeit, bevor du ihn bemerkt hast, hat Bruderherz gesagt. Und dann war es halb zehn, er gab mir ein Busserl und sagte: Schlaf schön, Schwesterherz.

Und ich bin in mein Bett gegangen und aufrecht dagesessen, ich habe noch lange aus dem Fenster gesehen und gewartet, bis die Gedanken, die schon in mir sind, aber noch nicht sichtbar, sich mir offenbaren und für Unruhe sorgen, damit ich dagegensteuern kann, ich habe so lange gewartet, bis die Kirchturmuhr nur noch zu den vollen Stunden geschlagen hat, aber kein einziger Gedanke hat sich mir gezeigt, den ich nicht auch vorher schon gekannt hätte.

20

Die Großmutter hat den Tisch gedeckt, wenn wir aus der Schule kommen, jeden Mittwoch essen wir bei der Großmutter zu Mittag, jeden Mittwoch ist die Mutter nicht da. Sie hilft im Schreibwarenladen am Marktplatz aus, sie verkauft Hefte und Stifte, Glanzpapier und Radiergummis, und seit Neuestem kann man auch Lottoscheine bei der Mutter im Laden kaufen, die Mutter hilft den Leuten beim Ausfüllen, es sind viele alte Leute dabei, die so alt wie unsere Großmutter sind, und am Samstag schauen wir in der Lottosendung, die noch vor den Nachrichten kommt, ob jemand aus dem Dorf gewonnen hat. Meine Mutter kennt viele Leute, die Lotto spielen, persönlich, sie kennt auch ihre Glückszahlen und sie sagt: Der Schmitt könnte gewonnen haben, er hat am 2. Februar Geburtstag und seine Kinder sind heuer 15 und neun Jahre alt geworden und die Schmitts wohnen in Hausnummer 30. Das sind schon vier Richtige. Aber der Vater grinst dann nur, als wüsste er es besser, als traue er der Mutter nicht zu, dass sie Leute persönlich kennt, die in der Lage sind, ein paar Millionen im Lotto zu gewinnen. Und wie zum Fleiß hat dann auch tatsächlich noch nie jemand mehr als 70 Mark gewonnen, im Schreibwarenladen, in dem die Mutter einmal die Woche mittwochs arbeitet.

Die Großmutter hat den Tisch gedeckt, sie deckt immer für vier Personen, weil sie uns für Drillinge hält, Bruderherz und mich, das liegt daran, dass die Großmutter in ihrer Kindheit lebt, hat der Vater gesagt, ach geh, hat die Mutter gesagt, so verkalkt ist sie doch noch nicht, und dann haben die beiden gestritten, wie verkalkt die Großmutter ist, und

ich habe lange gebraucht, um zu verstehen, was der Vater damit gemeint hat: Sie lebt in der Kindheit, das hat sich angehört wie eine Adresse, ich wohne in Kollbach, ich wohne in Dingolfing, ich wohne in der Kindheit – und in ihrer Kindheit ist meine Großmutter mit zwei Geschwistern aufgewachsen, sie waren alle drei nur je ein Jahr voneinander entfernt und einander wie aus dem Gesicht geschnitten, hat die Mutter erzählt und hat dabei immer schräg nach oben geschaut, auf einen Baum zum Beispiel oder direkt durchs Fenster in den sommerblauen Himmel, sie hat sich immer gewünscht, wie die Großmutter und ihre Geschwister auszusehen, aber sie ist nach ihrem Vater, unserem Großvater, geraten, der schon früh verstorben ist.
Die Großmutter deckt den Tisch für sich und für ihre drei Enkelkinder, von denen es aber nur zwei gibt, es ist ihr auch egal, dass ein Platz immer frei ist. Wer muss denn jetzt die kalte Suppen essen, Großmutter?, hat Bruderherz einmal gefragt, und die Großmutter hat gesagt, der kommt schon noch, Herzerl, der kommt noch. Und Bruderherz und ich haben gegiggelt. Nach der Suppen hat es meistens Kartoffelpüree, Rüben, Kartoffeln und Schweinefleisch gegeben, gefüllte Maultaschen, Innereien oder Apfelstrudel. Bei der Großmutter haben wir Limo getrunken.
Magst einen Limo?, hat sie gefragt, und noch bevor sie mit dem Satz zu Ende war, haben wir jaa! gerufen, und es hat sich angehört, als würden drei Kinder jaa! rufen. Wir haben auch für unser drittes Geschwisterkind einen Limo eingeschenkt, den es nicht getrunken hat, erst, wenn wir wieder weg waren, hat sich das Geschwisterkind an den Tisch gesetzt und den Apfelstrudel oder die Innereien gegessen, das Glas ausgetrunken und der Großmutter aus der Schule erzählt.

Die Großmutter sollte beaufsichtigen, ob wir unsere Hausaufgaben machten, aber wir kamen gar nicht zum Hausaufgabenmachen, weil wir der Großmutter immer Bilder malen und Geschichten erzählen sollten und manchmal mussten wir auch helfen, wenn die Großmutter Marmelade machte oder Pflaumenmus oder Kiachel für die Kirchweih. Da lernts was fürs Leben, vom Rechnen wird man nicht satt, hat sie gesagt, und Bruderherz und ich wollten tatsächlich lieber etwas fürs Leben lernen als für die Schule oder für die Eltern. Wir stellten uns gerne vor, dass am nächsten Tag ein Krieg ausbrechen würde, wir würden von unseren Eltern getrennt sein und von unserer Großmutter, wir wären auf uns allein gestellt, wir würden aus Äpfeln, Butter und Eiern Apfelstrudel machen oder eine Sau schlachten und ihre Innereien kochen oder einfach ein paar Gelbe Rüben mit Erbsen und zerstampften Kartoffeln und davon, das war klar, hätten wir mehr als von ein paar gelösten Rechenaufgaben. Wir hätten nie gedacht, dass die Großmutter Recht haben könnte.

21

Er war mein Troste. *Er war mein Troste in meinem Elend,* er hat mir Sätze wie diesen vorgelesen, aus der Bibel, aus den Büchern, die er in der Kirchenbibliothek gefunden hat. Er hat mir Sätze vorgelesen: *Denn dein Wort erquicket mich.* Ich wusste nicht, was *erquicket mich* bedeutet, aber das war egal, denn er wusste es ja, Bruderherz wusste es, und was Bruderherz wusste, wusste ich auch, denn wir waren in Wirklichkeit dieselbe Person, nur dass wir bei der Geburt auseinandergerissen worden waren, wofür keiner etwas konnte. Und ich wusste nicht nur, dass er wusste, was *dein*

Wort erquicket mich bedeutet, ich wusste auch, dass der Satz stimmte, das mit dem Erquicken, das mit dem Troste im Elend, ich wusste zwar nicht, ob ich wirklich mich in einem Elend befand, doch da er mir ein Troste war, da dieser Satz richtig war, nahm ich an, dass auch der andere Satz richtig wäre, sonst hätte das alles ja keinen Sinn ergeben. Schließlich hätte er mir ohne Elend auch kein Troste sein können. Wenn man das Elend brauchte, um von ihm getröstet werden zu können, war es mir recht.

22

Ich bin ins Freibad gegangen, immer wieder ins Freibad. In diesem Sommer vor fünf Jahren, kurz nach dem großen Sturm, als der Sommer nicht mehr zurückkehren wollte. Das Freibad hatte offen, denn das Freibad hat immer offen, von 1. Juni bis 1. September, unabhängig vom Wetter. Das Freibad richtet sich nicht nach dem Wetter. Die Gänge zwischen den Spinden waren leer, und die Spinde waren natürlich ebenfalls leer und unbenutzt, manchmal wurde mir die Zeit lang, dann ging ich zum Spind, ich schloss ihn auf und wechselte mit meiner Tasche und meinen Schuhen, meiner Jacke und meinem Ersatzhandtuch in einen neuen Spind, nur damit ich etwas zu tun hatte.

Ich konnte ja nicht ununterbrochen schwimmen, ich war in jenem Sommer viel zu nervös, um ununterbrochen schwimmen zu können. Kaum war ich im Wasser, wollte ich wieder hinaus, kaum war ich aus dem Wasser, wollte ich wieder hinein. Kaum war ich auf der Rutsche, wollte ich auf den Sprungturm, kaum war ich auf dem Sprungturm,

wollte ich auf die Rutsche. An manchen Tagen war es so kalt, dass ich mich im Babybecken aufwärmen musste. Der Bademeister kannte mich mit Namen, ich war stundenlang der einzige Besucher, mit meinem Vereinsausweis, den ich besitze, seit ich dreizehn Jahre alt bin. Wenn es arg geregnet hat, setzte ich mich vor einen der leeren Spinde, eingewickelt in mein Ersatzbadetuch, und wartete.
Ich schaute auf die Fliesen, immer nur auf die Fliesen, manche waren zerbrochen, manche waren durch neue ersetzt, manche in derselben Farbe, nur sahen die neuen frischer aus als die alten, man hat es an der frischen Farbe gesehen, dass sie neu waren. Manche waren aber auch in einer anderen Farbe ersetzt worden. Vielleicht, dachte ich, hat es in manchem Sommer so viele Schäden an Freibadböden gegeben, dass den Großhändlern die Fliesen genau dieser Sorte ausgegangen sind, dann musste man andere kaufen. Ich habe mich gefragt, ob alle Freibäder dieselben Fliesen benutzen, ob es eine Art Einheitsfliese für das deutsche Freibad gebe. Ich kann es nicht beurteilen, weil ich nie in einem anderen Freibad als in unserem gewesen bin. Oft habe ich mir überlegt, wie es wäre, in einer anderen Stadt zu sein, dort ein Freibad zu besuchen. Andere Spinde, ein anderes Wasser, ein anderes Becken, ein anderer Bademeister, nur die Fliesen sind die gleichen. Und dann habe ich den Besuch doch immer wieder aufgeschoben, und im nächsten Jahr dann wurden die kaputten Fliesen durch solche in derselben Farbe ersetzt, und ich vergaß die Idee mit der anderen Stadt und dem anderen Bad.

In den Fliesen, auch in den neuen, wohnen kleine Tiere. Ich weiß, dass man Amöben nicht sehen kann, aber wenn man sie sehen könnte, würden sie genauso aussehen wie die Tiere, die in den Fliesen wohnen. Sie spazieren die Ritzen entlang, über die Fliesen, über andere Ritzen und über weitere Fliesen, als seien es Straßen, Häuserschluchten und Gehwege; wo die Wand beginnt, an der die Spinde befestigt sind, da hört die Stadt der Amöben auf, da beginnt ein anderes Land. Ob in den Spinden auch Tiere wohnen, weiß ich nicht. Man sieht sie nur bei Regen, dann kommen sie aus ihren Löchern zwischen den Fliesen, oder sie laufen zurück in ihre Löcher zwischen den Fliesen, so genau habe ich das nie herausgefunden, weil es irgendwann in jenem Sommer wieder aufgehört hat zu regnen und ich meinen Platz zwischen den Spinden verlassen habe.

Ich bin ja nicht immer auf den Fliesen gesessen, wenn es geregnet hat. Einmal hat der Bademeister mich zu sich hineingerufen, mir Kaffee angeboten. *Bademeister* steht über seinem Verschlag, was eigentlich nicht notwendig wäre, weil der Bademeister sowieso der einzige ist, der einen eigenen Raum im Freibad besitzt. Meistens läuft der Fernseher. Neben dem Regal mit den Pokalen, die alle er selbst und seine Frau gewonnen haben, steht eine Kaffeemaschine der Marke *Krups.* Er hat, hat mir der Bademeister erklärt, diese Maschine schon länger als seinen ältesten Sohn, der in Kürze selbst Vater werden wird. Die Maschinen der Marke *Krups* sind die besten, die es gibt, hat er gesagt. Vor einigen Jahren einmal ist die Kanne zu Bruch gegangen, als er vergessen hat, die Kaffeemaschine auszuschalten. Das Kaffeewasser war verdunstet gewesen und irgendwann ist die Kanne geplatzt, wegen der Hitzeentwicklung. Da habe er bei *Krups* angerufen und gesagt, seit 50 Jahren sei er Kunde der Marke *Krups* und noch nie sei etwas kaputt gegangen. Bis auf diese Kanne jetzt. Die eingeschaltete Heizplatte verschwieg er. Dass er enttäuscht gewesen ist, von der Qualität der Kanne, die einfach so einen Sprung bekommen habe, das verschwieg er nicht. Und *Krups,* die beste Kaffeemaschinenmarke der Welt, hat ihm umstandslos eine neue Kanne

geschickt. An die Adresse des Freibads. Umstandslos, sagte er. Man müsse immer zuerst loben und dann erst kritisieren. Das verträgt der Mensch nicht, Kritik ja, aber nicht nach einem Lob, das ist mehr als die meisten ertragen können, hat der Bademeister gesagt.
Seitdem gehe ich nicht mehr in die Nähe des Bademeisterverschlags, wenn es regnet. Ich stelle mir vor, wie das Kaffeewasser in der Kanne verdunstet und der Kaffeesatz sich zu einer braunen klebrigen Schmiere zusammenzieht. Kurz darauf platzt der Glasboden der Kanne und der Bademeister setzt sich an den Tisch und sucht die Nummer des Kaffeemaschinenherstellers *Krups* heraus.

Seit jenem verregneten Sommer, in dem ich zu unruhig zum Schwimmen war und zu unruhig zum Nichtschwimmen, hat sich die Situation deutlich gebessert. Ich muss nicht mehr den ganzen Tag ins Freibad gehen, wenn es regnet. Scheint die Sonne und steigt das Thermometer auf über 25 Grad, gehe ich selten länger als zwei Stunden. Haben die Kinder hitzefrei, gehe ich sehr früh am Morgen. Ich bin die erste. Der Bademeister nickt mir zu. Ich habe den Badeanzug schon zu Hause angezogen, er ist grün mit Punkten, ich habe ihn, seit ich denken kann. Ich lege mein Handtuch auf den Beton vor dem Schwimmerbecken, steige auf den Startblock und stürze mich ins Wasser. Während ich schwimme, bleibt die Zeit stehen. Es ist, als ob die Welt mit dem Schlucken innehält, damit ich nicht ertrinke. Wenn ich schnell schwimme, schaut die Welt mir beim Schwimmen zu und vergisst, dass sie eigentlich schlucken wollte. Würde sie schlucken, würde ich ertrinken. Ich schwimme meistens schnell, weil ich der Welt nicht zumuten will, wegen mir so lange mit dem Schlucken warten zu müssen. Ich weiß, dass es sehr unangenehm ist, nicht schlucken zu dürfen, wenn man eigentlich schlucken möchte. Und manchmal möchte man einfach schlucken.

23

Wir haben Kreuzworträtsel gelöst. Wir haben gerne Kreuzworträtsel gelöst. Mit den Eltern haben wir Kreuzworträtsel gelöst, noch bevor wir schreiben konnten. Wir haben sämtliche Begriffe, Wörter, Bedeutungen auswendig gekonnt, noch bevor wir lesen, schreiben und verstehen konnten. So erst haben wir lesen und schreiben gelernt, und das Verstehen kam nach und nach dazu. Stundenlang sind Bruderherz und ich, über verschiedenen Kreuzworträtselheften gebeugt, gesessen, wir sind nicht in den Kindergarten gegangen, wir sind zuhause geblieben und in die Kreuzworträtselschule gegangen. Die Wörter haben uns mit der Zeit nicht mehr gefallen. Wir wollten Wörter, die wir benutzen konnten, an denen wir uns orientieren konnten, die wir einsetzen und über denen wir brüten konnten. Wir wollten nicht wissen, was Flur auf Fränkisch hieß, weil wir mit dem Wort Flur nichts verbanden. Bei uns hat es Diele geheißen und es war uns egal, wie es in Franken hieß. Die Franken sagten uns so wenig, wie ihre Ern uns etwas sagten.

Wir haben angefangen, unsere eigenen Kreuzworträtsel zu schreiben. Das Kreuzworträtselbuch der Eltern war die Grundlage für unsere Aufgaben, die einen uns unbekannten Kreuzworträtsellöser gründlich herausfordern sollten. Er sollte aufs Glatteis geführt werden, um schließlich und endlich dann doch das richtige Wort zu finden. Glücklich sollte er sein, wann immer er ein richtiges Wort gefunden hatte, und am glücklichsten sollte er sein, wenn er das letzte Wort gefunden hatte. Mit dem letzten Wort sollte er voller Dankbarkeit für den sein, der sich das Kreuzworträtsel ausgedacht hatte. Was für ein Meisterwerk, sollte er denken, und stolz sollte er sein, dass er ein Teil dieses Meisterwerks sein durfte. Ruhm und Ehre waren uns gewiss, noch bevor das erste Rätsel fertig war, haben wir uns gesonnt, gesonnt in einem großen Erfolg, und dieser Erfolg wurde uns von einem uns unbekannten Leser versichert, immer wieder versichert. Wir beschäftigten uns nicht nur mit den Wörtern, die uns für unsere Rätsel brauchbar erschienen, sondern auch mit dem uns unbekannten Leser.

Er war so etwas wie der unbekannte Soldat aus dem 2. Weltkrieg, der neben dem Rathaus aufgestellt ist, mit einem Allerweltsgesicht, er ist einen Allerweltstod gestorben, erschossen, erfroren oder verhungert, viele sterben so einen Tod, deshalb ist es ein Allerweltstod, hat der Vater einmal gesagt. An einer seltenen Krankheit sterben ist kein Allerweltstod. Im Wirtshausklo hinterrücks erstochen werden, weil man beim Watten beschissen hat, ist ebenfalls kein Allerweltstod. Für unseren Allerweltsleser nahmen wir ersatzweise den uns bekannten unbekannten Soldaten aus dem 2. Weltkrieg, ein junger Mann aus Stein mit einem melancholischen Gesichtsausdruck, diesen Mann hat es nie gegeben, aber es hätte ihn geben können, es hätte unser Großvater sein können – oder sogar unser Vater oder wir selbst, auch wir hätten in dieser Zeit leben können und einen Allerweltstod sterben, im Krieg oder am Hunger oder an der Kälte. Oder an einer Krankheit, an der damals viele gestorben sind. Fleckfieber zum Beispiel. Die Krankheit Fleckfieber gehörte zu unseren Lieblingskreuzworten, drei E, zweimal das F, ein B, ein K, ein L, wunderbare Buchstaben, mit denen man viel anfangen, mit denen man viel Unwesen treiben konnte. *Läusefieber; durch Ungeziefer übertragene Krankheit* nannten wir das Fleckfieber und sahen unseren unbekannten Soldaten vor große Rätsel gestellt, ein Rätsel, dem er sich voll und ganz hingab, uns gab er sich voll und ganz hin, wir waren sein ganz persönlicher Feldzug. Wir sind so etwas wie ein Kriegsgegner für ihn, sagte Bruderherz, auf in den Krieg, sagte Bruderherz und eines Tages ging er dazu über, auch das Fremdwörterlexikon zu benutzen, aber da hörte für mich der Spaß auf, es ist doch ein Spiel, sagte ich, es ist doch kein echter Krieg, sagte ich, aber Bruderherz sagte, wenn es ein Spiel wäre, würde sich der unbekannte Soldat zu erkennen geben, aber da er dies nicht tue, müsse man mittlerweile davon ausgehen, dass wir uns im Krieg mit ihm befänden.

Wenn er sich doch endlich zu erkennen gäbe, der unbekannte Soldat, sagte ich. Und eines Tages, es war viele Jahre später, wir hatten schon vor sehr langer Zeit damit aufgehört, Kreuzworträtselkrieg zu spielen, wir hatten im Grunde schon völlig vergessen, dass wir dieses Spiel jemals gespielt hatten, Bruderherz und ich und der unbekannte Soldat, da sagte Bruderherz aus heiterem Himmel, während er eine Gabel Kartoffelsalat zu seinem Mund balancierte, unvermittelt in der Bewegung stoppte, den Kartoffelsalat betrachtete mit einem Blick, der mich an den des Soldaten aus dem 2. Weltkrieg erinnerte, er sagte einfach so beim Abendessen: Vielleicht ist es ja auch ein Mädchen, diese unbekannte Person, mit der wir uns im Krieg befinden, eine Soldatin, vielleicht, sagte er, und die Mutter und der Vater sahen sich einen Moment lang erschreckt an, und der Vater schüttelte ärgerlich den Kopf und aß weiter seine Suppen, aber die Mutter sagte, meinst du jetzt die Person vorm Rathaus, und Bruderherz sagte, vielleicht meine ich die, vielleicht meine ich eine andere.

24

In der Schule sind wir lange zusammengesessen, Bruderherz und ich, das waren gute Zeiten für mich, ich konnte vor mich hinträumen, Bruderherz formulierte, was ich träumte, und ich musste nichts tun außer träumen. Es reicht, wenn du existierst, hat Bruderherz gesagt. Aber nach den Ferien haben die Eltern ihn in einer Schule in Landshut angemeldet, ich habe geweint und getobt, und Bruderherz hat auch geweint, aber mehr wegen mir als wegen sich selbst.

Als ich nach den großen Ferien wieder in die Schule kam, saß die Katharina neben mir, sie war mir anfangs egal, wie alle mir egal waren, doch dann war ich fasziniert davon, dass sie Milch aus einer Schachtel trank, nicht wie ich aus einer Blechkanne. Sie sagte, die Schachtelmilch könne man im Laden kaufen, ich wusste nicht, dass man Milch im Laden kaufen konnte, für mich hat es Milch immer nur direkt aus dem Kannderl gegeben. Und plötzlich machte ich die Augen auf, ich stellte fest, dass die meisten Kinder in meiner Klasse ihre Milch aus der Schachtel tranken und nicht aus dem Blechkannderl, wenn sie überhaupt Milch tranken, manche tranken auch Cola, etwas, das bei uns nicht verboten, sondern nicht der Rede wert war. Ich fragte meine Mutter, ob wir nicht auch die Milch aus der Schachtel trinken könnten, sie sagte, das ist doch gar keine richtige Milch, das ist Hälfte Milch, Hälfte Wasser. Ach so, sagte ich, und ich fragte Katharina am nächsten Tag, ob wir tauschen sollten, sie meine Milch, ich ihre Milch, und als sie zögerte, wiederholte ich, was die Mutter mir am Nachmittag gesagt hatte. Sie sagte, ich überlegs mir, und am nächsten Tag war sie einverstanden und ich war stolz auf mich, dass ich alleine etwas zustande gebracht hatte, dass ich nicht nur existierte, sondern jetzt Milch aus einer Schachtel trinken konnte. Es war eine Art Weiterentwicklung für mich, und ich glaube, es war über kurz oder lang für das ganze Dorf eine Art Weiterentwicklung, die Milch aus einer Schachtel zu trinken und die Schachtel dann in den Müll zu werfen.

Katharina nahm mich in der Pause mit zu ihren Freundinnen, im Sommer standen sie etwas abseits auf dem Schulhof, da, wo kein Lehrer hinkam, weil die Lehrer keine Lust hatten, das Rauchen zu verbieten, was sie hätten tun müssen, wären sie zu uns abseits auf den Schulhof gegangen. Die Mädchen rauchten in den Pausen, sie rauchten Zigaretten, die sie zwischen ihren rot geschminkten Lippen balancierten, auch Katharina rauchte, ich rauchte nicht, ich wollte auch gar nicht rauchen. Während sie rauchten, erzählten sie von den Buben, in die sie verliebt waren und denen sie sich angenähert hatten, was machstn du allerweil, fragte mich eine, ich wollte ihr von meinen Träumen erzählen, doch es klingelte zur nächsten Stunde, und noch bevor ich antworten konnte, hatte sie ihre Zigarette ausgedrückt. Ich hab Mathe, hat sie gesagt und war verschwunden.
Nachmittags trafen sie sich in den Rohbauten, die auf den Äckern entstanden waren, weil ein paar Bauern ihren Grund verkauft hatten, weils den Hals nicht vollkriegen können, hat der Vater gesagt. Aber der Vater von der Kramer Anne, hat die Katharina mir im Vertrauen gesagt, im absoluten Vertrauen, du musst schwören, dass du es niemandem erzählst, nicht einmal deinem Bruder, und ich schwor es, der Vater von der Kramer Anne, der muss verkaufen, weil sie sonst kein Geld zum Leben haben, die Viecher haben sie

schon alle verkauft, die stehen zwar noch im Kramer-Stall, aber sie gehören ihnen gar nicht mehr, und jetzt verkaufen sie den Grund, wenn ihnen einer ein gutes Angebot macht. Südliche Hanglage, das verkauft sich gut, das wusste die Katharina von der Kramer Anne, nur muss das gute Angebot bald gemacht werden, sonst haben sie nicht mehr genug zum Leben.

Ein paar Wochen später habe ich meinen Eid lange vergessen gehabt und es dem Vater gesagt, was ich wusste von der südlichen Hanglage und den Kramers und dem Grund, ich habe es dem Vater gesagt, weil er in einer völlig anderen Sache: Weißt du überhaupt irgendwas? zu mir gesagt hat, und tatsächlich war der Vater beeindruckt von dem, was ich ihm erzählt habe.

25

Es hat eine Zeit lang gedauert, bis wir das Katzerl gefunden haben. Erst hat es die Milch nicht mehr getrunken in der Schüssel, die wir für sie hingestellt haben, neben dem Schupfen, die Milch ist sauer geworden, und dann ist sie ranzig geworden, und als es sich kleine Fliegen darauf gemütlich gemacht haben, hat meine Mutter die Schüssel genommen und sie ausgekratzt, gespült und wieder ins Regal gestellt. Jeden Morgen, wenn ich die Schüssel im Regal gesehen habe, musste ich weinen, weil ich an das Katzerl gedacht habe. Bruderherz hat gesagt: Vielleicht hat's der Hintergreiner erwischt und in den Sack gesteckt. Red doch net, hat der Vater gesagt.

Wenn wir von der Schule gekommen sind, ist uns das Katzerl immer entgegengelaufen, bevor es verschwunden ist, und das war das Allerschlimmste, dass wir uns jeden Mittag an das Katzerl erinnern mussten, eben weil es nicht da war, es war, als würde uns das Katzerl dadurch, dass es nicht da war, noch viel stärker, vielleicht zehnmal stärker entgegenlaufen. Vielleicht wie ein Geist. Es war so, als ob uns das Katzerl entgegenlaufen würde, aber wir konnten es nicht streicheln, weil es durchsichtig war. Bruderherz hat gesagt, so ist das, wenn man tot ist, dann ist man noch viel stärker da, gerade, weil man nicht da ist.
Das Katzerl ist nicht tot, habe ich gesagt. Doch, hat Bruderherz gesagt. Sonst könnte es ja kein Geist sein.
Das Katzerl war ab da ein Geist, der immer um uns herum war. Mittags kam der Geist uns entgegengelaufen und abends kam der Geist und wollte Milch haben. Ich nahm die Schüssel aus dem Regal, goss Milch hinein und stellte es dem Geist vor den Schupfen. Die Milch ist nach ein paar Tagen sauer geworden, und dann ist sie ranzig geworden, und als es sich wieder Fliegen darauf gemütlich gemacht haben, hat die Mutter die Schüssel wieder weggenommen und sie ausgekratzt und gespült und die Schüssel ins Regal gestellt. Und da bleibt sie jetzt, hat sie gesagt. Weil ich so geweint habe, hat die Mutter dann erlaubt, dass ich die Schüssel ohne Milch vor die Schupfentür stelle, sie hat gesagt, wenn das Katzerl ein Geist ist, dann reicht ihr eine Geistermilli völlig aus, um satt zu werden.

Dann fing es an, in unserem Kleiderschrank ekelhaft zu riechen. Das letzte Mal, als es so gestunken hatte, war es die vollgeschissene Unterhose von Bruderherz gewesen, er war zu faul gewesen, aufs Klo zu gehen, das war beim Fußballspielen auf der Simmerwiese, und weil man auf der Simmerwiese weit und breit keinen Platz findet, wo man sich

kurz hinhocken kann, hat er einfach in die Hose gemacht. Später hat er die Unterhose zusammengelegt und ganz hinten im Schrank versteckt. Es hat ein paar Tage gestunken, bis die Mutter die Unterhose gefunden hat.
Mehr noch als die Unterhose von Bruderherz hat das Katzerl gestunken, das die Mutter auf der Suche nach einer weiteren Unterhose im Schrank gefunden hat, sie hat gesagt, es sei da einfach nur gelegen, tot, als würde es schlafen, aber später hat der Vater zu Bruderherz gesagt, hast du mit dem Katzerl was angestellt, jemand hat es erstickt mit einem schwarzen Band im Maul, jemand hat ihm das Maul mit einem schwarzen Band zugebunden und rotes Wachs in die Nasn und in die Augen geträufelt, warst du das?, hat der Vater zu Bruderherz gesagt, und Bruderherz hat gesagt, *du* warst doch immer gegen die Katze, *er* war doch immer dagegen, hat Bruderherz auch zu mir gesagt, und da habe ich ihm erzählt, dass der Vater das Katzerl einmal heimlich gefüttert hat.

26

Als der Hintergreiner verbrannt ist, damals, und als auch die Frau vom Hintergreiner verbrannt ist, da waren Haus und Hof ganz schwarz am nächsten Tag, als ob der helle Tag die Hintergreiners einfach nur vergessen und die Nacht an ihnen dran kleben geblieben wäre, so verrußt ist alles im Hintergreinerhaus gewesen, die Wohnräume, der Kuhstall, der Schweinestall, der Hühnerstall. Ein paar Tiere sind dann an Rauchvergiftung eingegangen. Die Katzerln aus dem letzten Wurf im Herbst waren zu diesem Zeitpunkt eh schon tot, denn der Brand war Anfang November gewesen, und die letzten Jungen waren schon im Oktober geboren und gleich in den Sack gesteckt worden.

Den Bademeister vom Freibad hat man verhaftet, später ist er aber wieder freigelassen worden. Er war am Vorabend beim Hintergreiner gewesen, weil er in einem der Spinde sieben Katzerln gefunden hatte. Die waren noch ganz flauschig, konnten aber schon laufen und Purzelbäume schlagen. Einer der Badegäste hat zu ihm gesagt: Geh zum Hintergreiner, der kennt sich aus mit Katzen. An den Hintergreiner erinnerte er sich, sie waren zusammen in die Schule gegangen. In der Zeitung ist später gestanden, der Hintergreiner habe ihm erklärt, er könne die Katzerln gerne für ihn in einen Sack stecken. Für jeden Schuss hätte er drei Mark haben wollen, macht 21. Ein Schuss für drei Mark, stand gleich auf der ersten Seite in fetter schwarzer Schrift. Und auf dem Bild daneben die sieben Katzerln aus dem Schwimmbadspind. Du warst schon immer ein brutaler Aff, soll der Bademeister zum Hintergreiner gesagt haben, er soll sich plötzlich wieder erinnert haben, dass der Hintergreiner einmal seinen Cousin zusammengeschlagen hat. Wegen einer Nichtigkeit.
Die zwei haben sich gestritten, der Bademeister ist auf seinem Mofa zurück in die Stadt gefahren, wo er wohnt, direkt neben dem Freibad, der Hintergreiner hat wahrscheinlich noch ein Bier im Wohnzimmer getrunken und ist dann zu Bett gegangen. Zumindest hat man ein Glas auf der Spüle gefunden, ein angeschwärztes Glas auf der angeschwärzten Spüle.
Geschieht ihm recht, hat Bruderherz gesagt, später, als alles vorbei war. Als er seinen verbrannten Arm noch in einer Schlinge um den Hals tragen musste, aber keine Schmerzen mehr hatte und auch nicht mehr so wacklig auf den Beinen war, von den Schmerzmitteln.

Wir sind bis zum Waldrand gegangen, wir sind langsam gegangen, wir haben uns auf die Bank gesetzt, auf unsere Bank; wenn die Kollbach Hochwasser hat, steht die Bank mit den Beinen komplett im Wasser, sie sieht dann aus wie ein rotes Brett. Oder wie ein Schlitten. Da es am Waldrand ein bisschen abschüssig ist, kommt man trotz des Hochwassers von der Rückseite her einigermaßen trocken auf die Bank.
Man setzt sich aufs Brett und ist von Wasser umgeben, man ist auf einer Insel. Und weil man die Bank kaum sieht, ist man selbst die Insel. Wir schauen nach vorne auf die Kollbach, die sich auf der Wiese ausgebreitet hat, einmal im Jahr tritt die Kollbach über ihre Ufer, als wolle sie sagen, ich bin immer da, ihr werdet euch schon an mich gewöhnen, an mich und an die Unruhe.
Ich fragte Bruderherz, ob er lieber erschossen oder lieber verbrannt werden würde. Bruderherz war für erschossen. Wir waren beide für erschossen, weil das schneller geht. Wahrscheinlich tut's auch nicht so weh, sagte ich. So gesehen müssten wir mit dem Hintergreiner mehr Mitleid haben als mit den Katzerln, sagte Bruderherz. Wir versuchten es, aber es klappte nicht so richtig.

Wir saßen auf dem roten Brett, wir waren die Insel, und mit angezogenen Beinen schauten wir auf das Wasser der Kollbach und Bruderherz sagte, Kollbach ist keltisch und heißt schwarzes Wasser. Schmarrn, habe ich gesagt. Doch, hat Bruderherz beteuert, *Koll* ist *chail* und *Bach* kommt von *pacha, chail* heißt *schwarz* und *pacha Wasser.* Und warum überhaupt schwarzes Wasser, fragte ich, die Kollbach ist doch gar nicht schwarz, und Bruderherz sagte, doch, manchmal schon. Weil es in der Gegend schon immer oft gebrannt hat und der Ruß schon immer ins Wasser fließt, und wenn die Kollbach kein Hochwasser hat, sondern Niedrigwasser, was damals, als die Kelten in Niederbayern

lebten, öfter der Fall gewesen sei als Hochwasser, dann sei sie von dem ganzen Ruß so schwarz, so *chail,* dass sie aus Sicht der Kelten nicht ein normales *pacha,* ein durchsichtiges Wasser gewesen sei, sondern ein *chail pacha,* ein schwarzes Wasser eben. Das sei doch absolut logisch.
Du hast das gerade erfunden, habe ich gelacht, aber die Geschichte hat mir gefallen und ich habe sie später herumerzählt, bis ich sie einmal für ein Referat in Erdkunde verwendet habe, der Lehrer gab mir eine Fünf, wegen blühender Fantasie, sagte er, und ich habe mich nicht beschwert, aber weil er ein gewissenhafter Mensch war, prüfte er die Geschichte nach und entschuldigte sich ein paar Tage später bei mir, denn sie stimmte tatsächlich, sie war nicht ausgedacht, und ich habe nachträglich eine Eins bis Zwei bekommen. Du hast dir das gar nicht selbst ausgedacht, sagte ich zu Bruderherz, ich weiß, sagte er, warum hast du nichts gesagt, fragte ich, ich habe es doch gesagt, sagte er, ich habe doch alles schon gesagt.

27

Wer ist eigentlich die Lotti?, hat mich die Kramer Anne gefragt, als ich es war, die zurückkehrte, als der Bruder schon nicht mehr ansprechbar war. Als ich zurückkam, weil der Bruder nicht mehr ansprechbar war, und weil irgendeiner von uns beiden da sein musste, in Kollbach.
Wer ist denn diese Lotti, er hat öfters von dieser Lotti gefaselt, ich will wissen, wer das war; wer, habe ich gefragt, na dein Bruder halt, hat sie gesagt, nein, ich meinte, sagte ich, wer denn Lotti ist. Aber das frage ich doch dich gerade, hat

die Kramer Anne gesagt und ist ein Stück von mir abgerückt und hat mich angeschaut und den Kopf geschüttelt, du bist wie dein Bruder, immer verstehst du nur die Hälfte. Ich bin nur die Hälfte, habe ich gesagt, aber jetzt war es die Kramer Anne, die noch weniger als die Hälfte verstanden hat.

Wir haben uns wieder beim Fasslwirt getroffen, wo wir uns schon damals getroffen hatten, das erste Mal überhaupt getroffen haben. Und das kurz bevor ich weggegangen bin, als ich bereits beschlossen hatte, aus Kollbach wegzugehen, weil es keinen Sinn mehr hatte, auf etwas zu warten, das schon lange eingetreten war, nur dass es anders eingetreten war, als ich es angenommen hatte. Der Fassl Manfred hat mich angesehen, als wüsste er nicht genau, wie er mich anschauen sollte, grüß dich, Manfred, habe ich gesagt und ihn an den Unterarm gefasst, und er ist zusammengezuckt und hat gesagt, tut mir leid, das mit deinem Bruder. Danke, Manfred, habe ich gesagt, ich wusste nicht, was man darauf antwortet, deshalb sagte ich schnell, kann ich einen leichten Weißwein haben?
Die Kramer Anne sitzt schon da und starrt mich an und vor sich hat sie wie damals ein Glas stehen mit schwerer, durchsichtiger Flüssigkeit, die sehr gut zu ihr passt, ich nehme an, es ist Weißwein, ein leichter Weißwein.
Servus, sagt sie und steht auf, sie umarmt mich sogar, und ich denke darüber nach, dass ich sie doch einmal fragen muss, warum sie das damals gemacht hat mit dem Gerd, ihrem Cousin, damals im Wenkhaus. Dass ich nicht drumherumkommen werde, sie das einmal zu fragen und mir dann einmal anzuhören, was für Gründe sie gehabt hat. Der Ludwig, legt die Anne gleich los, kaum dass ich sitze, er ist kein einziges Mal irgendwo anders gewesen, seit du weg gewesen bist, obwohl, das stimmt gar nicht, ein einzi-

ges Mal doch, sagt sie, da war er in Dirnaich, mit mir war er da.

Er ist mit der Kramer Anne zu der Kirche gefahren, von der die kleine Schwester der Kramer Anne nicht gesprungen ist, von der die beiden Freundinnen der kleinen Schwester gesprungen sind. Er hat mich den ganzen Tag ausgequetscht, erzählt die Anne, und am Schluss hat er gesagt, arme Lotti, aber es kommt gar keine Lotti vor, weder bei meiner kleinen Schwester noch sonst wo. Es hat sich überhaupt noch nie in dieser Gegend eine Lotti umgebracht, es ist keine Lotti vom Dirnaicher Kirchturm gesprungen und es hat sich auch keine Lotti in die unruhige Kollbach gelegt und ist ertrunken, weder durch fremde noch durch eigene Gewaltanwendung, wieso Gewaltanwendung, frage ich, aber die Kramer Anne zuckt die Achseln und sagt, ich weiß nicht, irgendwie geht's doch immer um Gewaltanwendung.

Sie ist mit dem Bruder spazieren gegangen, er hat sie über die ganze Kindheit ausgefragt, wie er in der Schule war, welchen Eindruck sie von ihm hatte, welchen Eindruck sie von mir hatte, wieso von mir, frage ich, und die Kramer Anne sagt, weiß ich doch nicht, er hat auf meine Fragen nie geantwortet, er hat mir auch nicht gesagt, wer die Lotti ist, deshalb wollte ich es ja von dir wissen.

Die Kramer Anne ist deutlich fülliger geworden seit unserem letzten Zusammentreffen, sie hat keine Zeit mehr fürs Fitnessstudio gehabt, weil sie mit Bruderherz spazieren gehen musste, weil sie abgelenkt war, weil sie eine andere Mission zu erfüllen hatte, es gefällt mir, dass die Kramer Anne wieder normal aussieht. Ich war sogar schwanger von ihm, hat die Anne gesagt, und ich bin erschrocken.

Wieso schwanger? Die Anne hat gelacht, sie hat sogar freundlich gelacht, und schon kommt es aus ihr heraus, wir wollten sogar heiraten, aber dann ist das Kind gestorben.

Wie gestorben? Gestorben eben, sagt die Anne und schaut mich tadelnd an, noch in mir drinnen ist es gestorben, manche Kinder sterben im Mutterleib, hat sie gesagt, sie haben keine Lust auf die Welt zu kommen, irgendetwas hält sie davon ab, sie machen es nicht absichtlich, es ist eine Art Zufall, so kleine Kinder denken nicht nach über das Leben oder über sich selbst, sie sind vollkommen unschuldig, mein kleines Kind war vollkommen unschuldig an seinem eigenen Tod, hat die Kramer Anne gesagt. Die Anne hat dabei ausgesehen wie eine Heilige, aber nicht wie die Resl, die aus den Augen geblutet hat, denn die Augen der Anne waren vollkommen klar. Ich werde andere Kinder haben mit einem anderen Mann, dein Bruder will keine Kinder, sagt die Kramer Anne, und ich bin so erschrocken, wie ich beruhigt bin.

Sie haben mir seinen Laptop gegeben, sagt die Anne, sie bückt sich zu ihrer Tasche, die unter dem Wirtshaustisch liegt, warum haben sie ihn ihr gegeben, warum nicht mir, frage ich mich, nimm du ihn, sagt die Anne und reicht mir den Laptop, der in einen Schutzüberzug gepackt ist, ich weiß nicht, was ich damit soll, ich werde andere Kinder haben, von einem anderen Mann, dein Bruder hat mich interessiert, aber sein Laptop interessiert mich überhaupt nicht, kein bisschen. Ich frage mich, sagt die Kramer Anne, warum sie ihn mir gegeben haben, warum nicht dir, du bist schließlich seine Schwester, ich bin ja gar nicht verwandt mit ihm.

Der Laptop liegt vor uns auf dem Tisch, er ist eingepackt in einen grauen Überzug aus Synthetik, um den Laptop vor Gebrauchsspuren zu schützen, typisch Bruderherz, denke ich und öffne den grauen Überzug, der ein bisschen im Wirtshauslicht glitzert, und packe den schwarzen Laptop aus, den ich einmal gesehen habe, als ich zwischendrin in Kollbach war, um zu sehen, ob alles in Ordnung ist, als alles noch in Ordnung war, soweit.

28

Da bin ich. Ich sehe die Stadt, ich sehe die Silhouette, und es kommt mir vor, als habe ich die Silhouette schon einmal gesehen, als habe ich die Stadt schon einmal gesehen. Möglich, dass wir früher einmal über Regensburg gefahren sind, vielleicht auf dem Weg nach Konnersreuth, sonst sind wir immer nur südlich gefahren, nach München, nach Österreich, einmal nach Italien mit der Schule oder nach Straubing, an das ich sehr ungern denke, denn wenn ich an Straubing denke, denke ich an den Zoo, an den ich mich mein Lebtag lang erinnern werde, an den Zoo mit seinem Lama, bei welchem ich meine ganze Zuflucht gesucht hatte.

Die anderen Kinder haben mich geärgert und ausgelacht, denn Bruderherz war nicht dabei, er war krank und konnte nicht mit, und so war ich den anderen Kindern schutzlos ausgeliefert, dieses eine Mal. Sie schubsten mich Richtung Lamagehege, ganz nah an das Lama, sie hatten gehört, wir hatten es alle gehört, das Lama würde spucken, wenn man ihm zu nahe kam. Da standen wir, das Lama und ich und sahen uns an, und ich spürte so etwas wie Zuneigung für das Lama, weil auch das Lama so wirkte, als wäre es überall

anders lieber, nur nicht hier, an diesem Ort mit den Klassenkameraden, die nun aufgeregt die Luft anhielten; das Lama sah mich mit großen traurigen Augen an, und ich sah das Lama an. Das Lama drehte den Kopf nach rechts, dann mit viel Schwung nach links, und dann holte es aus und spuckte mich aus vollem Halse an.
Ich stank den ganzen Tag nach Lamaspucke, auch auf der Rückfahrt im Bus, ich saß allein, die Klassenkameraden hatten die Lust an mir verloren, so sehr habe ich gestunken.

Ich schaue auf die Regensburg-Silhouette, während der Zug in die Stadt hineinfährt, und denke an das spuckende Lama aus Straubing, es ist, als sei die Lamaspucke nie ganz von mir abgegangen, doch hilft jetzt alles nichts, ich muss diesen Schritt machen.
Ich warte, bis der Zug im Bahnhof eingefahren ist, dann steige ich aus, gehe den Bahnsteig entlang, mit meiner schweren Reisetasche, die die Eltern mir einmal zu Weihnachten geschenkt haben, nachdem sie in der Fernsehzeitung einen Coupon ausgeschnitten hatten – einen Coupon für drei Reisetaschen im Wert von zweien. Eine Tasche hat Bruderherz erhalten, eine habe ich bekommen, und die dritte steht auf dem Schrank meiner Eltern, meine Mutter hat darin alte Nähsachen, Flicken, Wolle und aufgetrennte Pullover verstaut. Als hätten die Eltern geahnt, dass wir diese Taschen einmal brauchen werden, denke ich, während ich durch eine trostlose Unterführung gehe, zum Bahnhofseingang führen die Treppen rechts, zum Bahnhofsvorplatz führt der Weg geradeaus, und ich gehe den Weg geradeaus, auch wenn *Bahnhofsvorplatz* nicht besonders verheißungsvoll klingt.

29

Es ist ein Brief für dich da, hat Charlie gesagt und mir einen Brief auf die Kommode gelegt, sie hat jeden Morgen einen Stapel Briefe in der Hand und sortiert sie nach Rechnungen, Werbung, Akquise und privat. Für mich ist, seit mir die Kramer Anne nicht mehr schreibt, ganz selten etwas dabei, es ist ein Brief für dich da, sagte deshalb Charlie ganz erstaunt. Und noch erstaunter sagte sie nach ein paar Sekunden und ein paar weiteren Briefen, die sie auf verschiedene Stapel sortiert hat: Es ist noch ein zweiter Brief für dich dabei.
Auf gar keinen Fall wollte ich Nachrichten aus Kollbach erhalten, es war mir klar, dass Bruderherz nicht wieder gesund geworden war, aber ich wollte auch nicht, dass er gestorben war, ich wollte nicht, dass er noch kränker geworden war, aber ich wollte auch nicht, dass er umsonst krank gewesen war. Ich öffnete die Briefe vorerst nicht, erst nach einer Woche betrachtete ich den Absender, es war ein Dr. Decker, der mir auch vor geraumer Zeit geschrieben hatte, dass Bruderherz in die geschlossene Abteilung eingeliefert worden sei und sich dort eingerichtet habe, dass es ihm soweit gut gehe, dass man alles tue, um ihm zu helfen, dass man leider sein Problem nicht kenne, ob ich helfen könne, indem ich den beiliegenden Fragebogen beantwortete und gegebenenfalls vorbeikäme in Braunau, auch wenn ich meinen Bruder nicht würde besuchen können, weil er sich ausdrücklich verbeten habe, Besuch aus seiner Familie zu empfangen.

Der zweite Brief war vom Fassl Manfred, ein guter Freund aus Kindertagen, der Manfred ist der einzige, der sowohl Bruderherz als auch mich besser als ein bisschen kennt, er

kennt uns so weit, dass er unsere Unterschiede und unsere Gemeinsamkeiten kennt, er weiß, wie wir sind, wenn wir zu dritt, wenn wir zu zweit und wenn wir ohne den anderen sind. Er hat sich immer zurückgehalten, der Fassl Manfred, und er hat es auf seine Art immer schwer gehabt, wenn auch auf eine ganz andere Art und Weise, als Bruderherz oder ich es schwer gehabt haben.
Manchmal, wenn wir zu dritt in unserer Bande waren und jeder seinen Platz hatte und wusste, welcher sein Platz war, kehrte Ruhe ein, kehrte für uns alle Ruhe ein, als bliebe einen Moment lang jegliche Gefahr und jegliche zeitliche Veränderung, die wieder neue Gefahr mit sich bringen würde, draußen.
Der einzige, der mir zu Bruderherz etwas sagen könnte, ist der Fassl Manfred, aber da er mir nie etwas sagen konnte, hat er nie etwas dazu gesagt.

Ich öffnete den Brief vom Fassl Manfred als erstes, ich las, was der Manfred mir geschrieben hatte, und dann öffnete ich den zweiten Brief und las auch diesen, und das erste, was ich denken konnte, nachdem ich wieder denken konnte, war, dass die Unterzeichner beide Manfred hießen, dass Dr. Decker mit Vornamen genauso Manfred hieß wie Manfred, der mit *dem besten Gruß von deinem Jugendfreunde Manfred* unterschrieben hatte.

30

Er habe gerne den Katzerln die Augen ausgestochen. Damit sie aus den Augen bluten wie die Konnersreuther Resl, die

immerhin bald seliggesprochen wird, und danach wird sie heiliggesprochen. Die Katzerln hat er alle Therese geheißen, egal, ob Kater oder Katze, selig ist selig, hat er gesagt, und dass er sich selbst auch gerne die Augen ausgestochen hätte, dies aber sinnlos gewesen wäre, weil er nie und nimmer geblutet hätte, weil nur die Guten und Seligen überhaupt in der Lage wären, aus den Augen zu bluten.
Dennoch habe er oft überlegt, ob er es drauf ankommen lassen solle, aber er war so sicher, er würde nicht bluten, und dann hätten es alle gewusst, was mit ihm los sei. Alle hätten es dann gewusst, auch ich: Auch Schwesterherz, schrieb er, und genau die dürfe es doch nie im Leben wissen und erfahren, sie am allerwenigsten. Auf den Schmerz hätte er sich gefreut, es sei bestimmt nicht wegen des Schmerzes gewesen, dass er sich etwa nicht getraut hätte, schrieb er, ganz im Gegenteil, er füge sich gerne Schmerzen zu, schrieb er, jedoch nur an unsichtbaren Stellen, sonst würden ja alle sehen, dass bei ihm nichts blute.

Die Mutter hat gesagt, dass es stimmt, dass er nicht blutet, es sei ihr schon aufgefallen, als er ein kleines Kind war, dass er so gut wie nicht geblutet hat, dickes Blut, hat der Doktor gesagt, er habe eben dickes Blut, das seien oft treue Menschen, die mit dem dicken Blut, treu, stur und bis zur Selbstaufgabe nach Gerechtigkeit strebend, hatte der Doktor gesagt, sie solle nur aufpassen, dass er sich nicht verletzt, da die Bakterien nicht ausgeschwemmt würden, dazu habe das dickflüssige Blut zu wenig Kraft, es sei nicht ungefährlich, bei Verletzungen müsse sie ihm blutverdünnende Mittel geben, aber nicht zu viel, sonst käme es zu Hämatomen im Gehirn.
Er habe sich ständig wehgetan, der Bruder, sagte die Mutter, der Depp hat der Vater ihn nur noch genannt, der Depp, der über seine eigenen Haxen stolpert, sie habe ihm

ständig blutverdünnende Mittel geben müssen, und als er acht war, hat er sie auf sein Blut angesprochen, warum blute ich gar nicht und dann wieder so viel, Mami, hat er gefragt. Warum blute ich nicht so wie die anderen? Weil du dickes Blut hast, das man verdünnen muss, hat sie ihm gesagt. Sie hat Angst gehabt vor den Hämatomen und ihm die Medikamente nur noch selten gegeben, er hat sich nicht mehr so oft wehgetan, Kinder werden älter, sie verletzen sich nicht mehr so oft, wenn sie älter werden.
Aber sie hat nie den Zusammenhang gesehen zwischen dem dicken Blut, der Resl und den Katzerln, anfangs habe er die Viecher einfach so umgebracht, erschlagen oder ertränkt oder vergiftet; dass er ihnen die Augen ausgestochen hat, das sei erst später dazugekommen. Ob er ihnen die Augen aussticht und sie verbluten oder ob der Hintergreiner auf sie mit Schrot schießt und sie verbluten, ist doch dasselbe, hat der Vater gesagt, das wird sich bei dem Buben schon noch auswachsen, so wie sich das auch ausgewachsen hat, dass er sich dauernd wehtut, der Depp.

Die Mutter lebt ja sowieso in ihrer Nähzimmerwelt, sie ist bald jeden Abend im Nähzimmer, sie näht unbeirrbar zusammen, was auseinanderfällt, es ist unglaublich, was sie alles vor der endgültigen Auflösung rettet mit ihrer Näherei, so geschickt ist sie, dass das, was sie rettet, gar nicht mehr aussieht wie das, was sie mit ihrer Näherei gerettet hat, sie erschafft ganz neue Kleidung, indem sie rettet und rettet und rettet, solange rettet, bis es unansehnlich ausschaut, richtig greißlich, der Bruder ist der einzige, der die Sachen gerne anzieht, ja fast zieht er sie lieber an in diesem von der Mutter geretteten, zusammengenähten Zustand. Es macht der Mutter nichts aus, dass weder ich noch der Vater die Sachen anziehen, die sie vor dem Niedergang mit letzter Nähkraft gerettet hat, wenigstens macht es ihr nichts aus.

Mit dem Vater ist gar nicht zu reden; seit seine Augen das strahlende Blau verloren haben, sitzt er gerne stundenlang auf seinem Stuhl am Fenster und manchmal sieht es aus, als habe er sich bereits vollständig in sich zurückgezogen, als sei er vollständig zu sich selbst zurückgekehrt. Als sei er mit Bruderherz irgendwohin zurückgekehrt, wo sie hergekommen sind, die zwei. Die Mutter ist froh, dass sie ihre Ruhe vor ihm und seinen blauen Augen hat. Sie näht und näht, aber manchmal backt sie mit ihm zusammen einen Kuchen. Sie kümmert sich dann um den Teig, und der Vater schiebt den Teig in den Ofen.

31

Es hat ein paar Wochen, nachdem ich von Kollbach weg, von Kollbach so weit entfernt war, dass ich auch von Bruderherz und von mir selbst weit weg war, damit angefangen. Als hätte sich ein Wesen, das ich einmal war, erneut meiner bemächtigt, als wäre ich nur ein Gefäß, das verschiedenen Wesen zur Verfügung stünde. Es hätte auch die Konnersreuther Resl sein können, die sich meiner bemächtigt hatte, aber die hat es schon mit einem anderen Gefäß getan, mit einem, dem das Blut aus den Augen läuft. Die Resl hat dabei nicht viel gespürt, es waren Zeugen dabei, die bestätigen es.

Ich sage Charlie, was ich denke, nur Bruderherz lasse ich weg, denn ich kann auch ohne Bruderherz denken, was ich sage, und sagen, was ich denke, ich kann es ohne Bruderherz sogar ein bisschen besser, denn Charlie hört sich einfach nur an, was ich denke, es lenkt sie von ihren Schmerzen ab, alles lenkt sie von ihren Schmerzen ab, und eines Tages, hoffe ich und sie hofft es auch, laufen meine Gedanken in sie über, denn alles läuft irgendwann ineinander über, nur in Charlie läuft nichts über, es läuft einfach nicht in sie über. Deshalb läuft auch nicht in sie über, wie das mit dem Schwimmen funktioniert, sie lernt es einfach nicht, weil sie es nicht lernen kann, aber noch habe ich mich nicht damit abgefunden.

Stell dir vor, dass die Zeit stehen bleibt, sage ich zu Charlie, die mir zuhört, weil es sie von ihren Schmerzen ablenkt, ich aber will nicht nur, dass sie von ihren Schmerzen abgelenkt ist, ich will, dass sie keine Schmerzen mehr hat, und deshalb strenge ich mich an, wie ich mich selten angestrengt habe in meinem Leben.

Stell dir vor, die Zeit bleibt stehen, wenn du schwimmst, sage ich zu Charlie. Die Welt hält mit ihrem Schlucken inne, und wenn sie nicht schluckt, dann kannst du doch gar nicht ertrinken. Wenn du schwimmst, schaut die Welt dir beim Schwimmen zu und vergisst, dass sie eigentlich schlucken wollte. So wie du vergisst, dass du Schmerzen hast. Deshalb hat man immer den Drang schneller zu schwimmen, als man schwimmt, immer noch ein bisschen schneller zu schwimmen, weil man der Welt nicht zumuten will, so lange mit dem Schlucken warten zu müssen.

Es ist sehr unangenehm, schlucken zu wollen, wenn man nicht schlucken darf. Manchmal möchte man einfach schlucken, hat Charlie darauf gesagt. Was ist, wenn die Welt es nicht mehr aushält, wenn sie einfach schluckt, weil ich ihr zu langsam bin? Die wartet immer genauso lange, wie du brauchst, Charlie, habe ich gesagt, aber sie hat mich mit diesem Blick angesehen, an dem ich erkenne, dass sie sich nicht mehr konzentriert, auf nichts mehr, auf mich nicht mehr, auf sich selbst auch nicht mehr, auf gar nichts. Sie kann nur so lange zuhören, wie sie abgelenkt ist. Es nützt also auch nichts, ihr zu sagen, dass es der Welt nichts ausmacht, einmal eine Zeit lang nicht zu schlucken. So viel Opfer kann man von der Welt verlangen, will ich ihr sagen, aber ich sage es nicht, weil sie nicht mehr zuhorchen kann. Wenn sie schwimmen könnte, hätte sie keine Schmerzen mehr, daran zweifelte ich keine Sekunde. Und ich war mir bei jedem unserer Besuche im Hallenbad sicher, dass sie es diesmal packen würde, du bist schon ganz kurz davor. Und obwohl ich mir so sicher war, hatte ich gleichzeitig immer Zweifel, noch ein paar Sekunden bevor ich, frisch geduscht, die Schwimmhalle betrat und mit dem großen Zeh das Wasser berührte, hatte ich Zweifel. Ob das Wasser warm genug war, beispielsweise. Vielleicht war das Wasser zu kalt für jemanden, der dem Wasser nicht vertrauen wollte? Vielleicht war es zu laut im Schwimmbad. Wenn man in Not gerät, will man um Hilfe rufen, aber wie denn, wenn es so laut ist, dass dich eh keiner hören wird. Auch das Wasser selbst liegt laut in den Ohren, das Ausatmen, das Eintauchen, jede Fußbewegung. Es ist wie ein anderes Land, dieses Wasser, mit anderen Kennzeichen für Leben und Tod, für Oben und Unten, für Laut und Leise, es hat eine eigene Sprache, dieses andere Land.

Wenn ich die Schwimmhalle betrat und mit dem großen Zeh das Wasser berührte, wusste ich schon, dass Charlie das Schwimmen nicht lernen konnte, weil sie so sicher war, dass das Wasser sie hinunterreißen würde. Vielleicht liegt es nicht an ihrer Angst, vielleicht muss man umdenken, vielleicht ist es gar nicht die Welt, die sie verschlucken könnte, vielleicht lehnt das Wasser Charlie mit ihren schwarzen Haaren ab, hat Angst vor ihr, vor ihrem Haar. Ich ziehe meinen Fuß aus dem Wasser. Vielleicht lernt sie es heute, vielleicht aber auch nicht, und nicht selten hatte ich einfach Lust zurückzugehen, vorbei an der erstaunten Charlie, vorbei an dem neugierigen Bademeister und vorbei an den anderen Badegästen, die kurz aufschauen und sich dann wieder mit sich beschäftigen, einfach wieder zurückgehen, mich anziehen, Sachen einpacken, durch die Drehtür hinaus ins Freie, ins Auto setzen, auf eines der Fahrräder setzen, die aneinandergelehnt vor dem Hallenbad stehen, einfach in den nahen Park laufen, die obere Parktrasse durchqueren, die Treppen nach unten laufen, an die Donau laufen, mich dort langsam beruhigen. Mir wünschen, ich wäre genau hier aufgewachsen, im nahen Gymnasium zur Schule gegangen, ich hätte im angrenzenden Sportstadion Sportunterricht gehabt, an sommerlichen Nachmittagen in einem Park die ersten Zigaretten geraucht, den ersten Kuss bekommen, die erste Verabredung ausgemacht, und nicht in Kollbach am schwarzen Wasser. Die Donau jedenfalls ist blau oder durchsichtig oder braun oder grün, aber schwarz ist sie auf gar keinen Fall, so viel ist sicher.

32

Kindspech (Meconium), das ist der schwärzliche Darminhalt des menschlichen Embryos, es besteht aus Galle, Schleim, abgelösten Stücken der Darmschleimhaut und Cholesterinkristallen, das hat Bruderherz geschrieben, er hat es auf dem schwarzen Laptop abgespeichert, den die Kramer Anne mir beim Fasslwirt übergeben hat. Auf dem schwarzen Laptop gibt es den Ordner, der Mekonica heißt, er enthält Dokumente, die Meconium, Mekonium, Kindspech, schwarzes

Wasser heißen. *Mekonium* ist eine im noch funktionslosen Darm angesammelte zähe, dunkle Masse aus abgeschilfertem Epithel der Schleimhäute, aus eingedickter Galle sowie mit dem Fruchtwasser verschluckten Haaren und Hautzellen. Von exzessivem Nägelkauen bekommt man Durchfall, denke ich und denke an Nagelrinden, die an der Darminnenwand hängen bleiben, während ich lese, was Bruderherz da mit Inbrunst aufgeschrieben hat, er hat es nicht in einer üblichen Arial- oder Times-Schrift geschrieben, er hat es in einer sorgsam ausgesuchten Pristina-Schrift dokumentiert.
In der Regel scheidet der Säugling Mekonium in den ersten vier Tagen nach der Geburt aus. Er scheidet das Kindspech am ersten Tag aus oder am zweiten Tag oder am dritten Tag, oder er entscheidet sich dazu in letzter Minute, am vierten Tag. Scheidet er es gar nicht aus, stirbt er. Den nächsten Absatz hat Bruderherz fett markiert, es sieht so schwarz und dick aufgetragen aus, dass es mir beim Lesen peinlich ist: Hat das Baby schon im Mutterleib Stress, Angst oder sonstige Unruhen, geht das Mekonium des Ungeborenen noch im Mutterleib ab. Gefürchtete Komplikation ist das Mekoniumaspirations-Syndrom; darunter versteht man das Einatmen des grün-schwarzen Fruchtwassers durch das ungeborene Kind. Generell ist mekoniumhaltiges Fruchtwasser ein pathologischer (krankhafter) Befund.
Das gestresste Kind scheißt ins Fruchtwasser und erstickt daran. Oder es hat einen Zwilling, dann erstickt der daran. Ich will nicht mehr weiterlesen, doch die Tatsache, dass Bruderherz weitergeschrieben hat, dass er weitere Einträge gemacht hat, zwingt mich dazu, obwohl ich weiß, dass es jetzt immer ekliger werden wird, da ich Bruderherz kenne: Hat er sich erst einmal festgebissen, wird er so schnell nicht aufhören, er beißt sich gerne fest, wie auch ich mich gerne festbeiße, mich gerne hineinsteigere um des Hineinsteigerns willen, doch Bruderherz steigert sich nicht um des

Hineinsteigerns willen hinein, er steigert sich um seiner selbst willen hinein, als könne er sich dadurch retten, vor etwas, dem er nicht gewachsen ist. Während ich mich über die Einträge beuge, habe ich den Kopf in die Hand gestützt, mehrere Finger enden irgendwo zwischen Mund und Nase, und plötzlich wird mir bewusst, dass meine Hand ekelhaft riecht, und ich springe auf, laufe ins Bad, lasse Wasser über meine Finger und über meine Hände laufen, wasche alles mit Seife, mit Kernseife, mit echter Kernseife, die erste Seife, die ich nach meinen Wegzug aus Kollbach gekauft und nie ausgepackt habe, aber jetzt ist der richtige Zeitpunkt, ich reiße die Packung auf und wasche mir ausgiebig, gründlich und sorgfältig die Hände, ich gehe zurück zu Bruderherz' Laptop, ich stütze den Kopf wieder auf die Hand. Die Hand riecht schon wieder.

33

Der Vater hat einen bitteren Gesichtsausdruck bekommen. Er versucht ständig, diesen Gesichtsausdruck zu verbergen, die Bitterkeit darin.

Ich sehe den Vater ständig mit den Augen meines Bruders, ich versuche ihn mit meinen eigenen Augen zu sehen, aber ständig schieben sich die Augen von Bruderherz dazwischen, ich versuche ihn nicht mehr Bruderherz zu nennen, der Arzt, der meinen Bruder behandelt, hat gesagt, es sei besser so. Ich solle mich daran gewöhnen, ihn nicht mehr Bruderherz zu nennen. Ich solle ihn bei seinem Namen nennen. Ludwig. Aber seit ich meinen Bruder bei seinem Namen Ludwig nenne, schieben sich seine Augen dazwischen, wenn ich zum Beispiel den Vater aus meinen eigenen Augen betrachten will, wenn ich den bitter gewordenen Ausdruck des Vaters sehe, den er versucht zu verbergen, seine Augen sind unnatürlich blau, hat Bruderherz immer gesagt, findest du nicht, so blaue Augen hat doch kein normaler Mensch, hat mein Bruder immer gesagt, und jetzt merke ich, dass er Recht hatte. Das Blau in den Augen des Vaters verschwindet, von Tag zu Tag verblasst das Blau seiner Augen, je stärker die Bitterkeit zunimmt, desto verblasster das Blau seiner Augen, ich merke, dass ich mich in diesen Gedanken hineinsteigere, ich möchte mich nicht hineinsteigern, aber ich kann es nicht lassen. Der Vater wird von Tag zu Tag mehr zu dem Menschen, der er eigentlich ist, ein bitterer alter Mann, der sich nicht hinter seinen blauen Augen verstecken kann. Je weniger seine Augen strahlen, desto mehr kann ich mit ihm anfangen, und es ist eine Ironie des Schicksals, dass Bruderherz dies nicht mehr erkennen kann und dass genau diese Unfähigkeit zur Erkenntnis der Grund für die Veränderung des Vaters ist. Der komplette Rückzug meines Bruders in sich selbst hat beim Vater bewirkt, dass er zu dem wird, der er ist. Wenn mein Bruder das wüsste, wäre er glücklich, so wie er immer glücklich war, wenn seine Theorien sich im Nachhinein bewahrheitet haben, vielleicht ist er sogar glücklich, denke ich, aber es geht mich nichts mehr an, es ist jetzt seine Sache geworden.

Je mehr die Augen des Vaters von dem ungesunden Blau verlassen werden, desto weniger Lust habe ich, ihn zu trösten, ich kann ihn schlecht dafür trösten, dass er der ist, der er ist, denn ich habe damit bestenfalls nichts zu tun. Das meine ich, wenn ich sage, ich betrachte ihn aus den Augen meines Bruders. Meines Bruderherzens. Der Arzt sagte, ich solle aufschreiben, wie oft ich meinen Bruder Bruderherz nenne, und am Ende eines Tages soll ich für jedes Bruderherz einmal Ludwig vor mich hinsagen. Da mir der Name Ludwig nicht gefällt, halte ich mich nicht an den ärztlichen Ratschlag. Luise gefällt mir auch nicht.

34

Schon lange bevor ich zurückgekehrt bin an die Kollbach, wo alles angefangen hat mit dem Warten, schon lange davor hat Bruderherz kein Indonesisch mehr gesprochen, kein Malaiisch, er hat gar nicht mehr gesprochen, es habe sich seit einiger Zeit angedeutet, hat der Arzt gesagt, der Manfred heißt und mit dem ich manchmal essen gehe und danach zu den Häuslers, es hat sich schon angedeutet, habe ich gesagt, als er damals zurückgekehrt ist nach Kollbach und ich noch geblieben bin und auf ihn gewartet habe, schon da hat es sich mit all dem Malaiisch und Indonesisch angedeutet. Übrigens war es gar nicht Malaiisch und auch nicht Indonesisch, habe ich gesagt, während Manfred Wein eingeschenkt hat in mein Glas und in sein Glas und nachgefragt hat, was es denn dann war, Ubychisch, habe ich gesagt, während Manfred sein Hemd ausgezogen hat und ich meine Jeans, und Ubychisch ist ausgestorben, und jetzt wo Bruderherz es nicht mehr spricht, ist es erst recht ausgestorben. All das, habe ich gesagt, hat sich ja schon so lange angedeutet, aber es konnte keiner etwas dagegen tun, weil das, was hätte getan werden müssen, zu einem Zeitpunkt hätte getan werden müssen, zu dem es nicht möglich war, es konnte keiner wissen, und am allerwenigsten hat Bruderherz es wissen können, Ludwig, verbesserte ich mich, während ich Manfred dabei zusah, wie er seine Hose zusammenfaltete und sanft, fast zärtlich auf einen Stuhl legte. Ich mochte es, wie Manfred seine Hosen zusammenfaltete, in diesem Hosenzusammenfalten lag das Versprechen, Ordnung zu schaffen, nicht nur, was die Hose und das Hotelzimmer anging, sondern was alles anging, alles, was mit Manfred zusammenhing, also auch ich. Manfred störte es nicht, dass ich sogar über meinen Bruder sprach, wenn ich mit ihm, Manfred, im Bett lag, wenn ich zwischen Küssen und Umarmungen über meinen Bruder sprach, weil ich ununterbrochen über meinen Bruder nachdenken musste, ob ich wollte oder nicht.

Es hat sich angedeutet, hat Manfred erklärt, der meinen Bruder seit jenem Tag kennt, als er vor dem Krankenhaus gestanden ist und ein letztes Mal geredet hat, unaufhörlich geredet hat, als müsse er noch alles sagen, was es zu sagen gab, als habe er da schon gewusst, dass es danach vorbei sein würde mit dem Reden. Er habe jemanden umgebracht, hat Bruderherz, Ludwig, gesagt und ihm, dem Manfred, die angenähte Oberschenkelhaut an seinem Unterarm gezeigt, er hat ihm von den Katzerln erzählt, vom Hintergreiner und dass der Hintergreiner noch zwei Halbe getrunken hat, bevor er verbrannt ist, und von der Kramer Anne und ihrem Kind, vom Vater und von mir, Schwesterherz, und von Lotti. Und Lotti, das hat Manfred lange Zeit angenommen, sei ein Bild für etwas, das schief gegangen sei, eine Personalisierung, hat Manfred gesagt, die Personalisierung eines psychischen Problems, das nicht zu lösen sei. Da lagen wir schon nebeneinander in den Laken und jeder von uns hatte eine Decke über sich gezogen, weil es bei den Häuslers immer ein bisschen frisch ist im Zimmer, weil sie den Wasserdruck zu niedrig eingestellt haben.

Und am Ende fragte Manfred mich, ob es nicht vielleicht doch auch in Wirklichkeit eine Lotti gegeben habe. Ich wusste aber nur von dem Bild im Fotoalbum der Eltern, vom Latzerl, auf dem *Lotti* gestanden ist, und Manfred hat gefragt, was sagen denn die Eltern, kann man mit denen reden? Und ich habe gesagt, reden, mit den Eltern, kann man denn mit Eltern reden, kann man jemals mit ihnen reden?

35

Ich bin wieder in Kollbach. Ich gehe die Hauptstraße entlang, die in der Mitte einen Knick macht, in der Mitte, wo früher der Tante-Emma-Laden war, der eigentlich ein Tante-Leni-Laden war, und danach eine Fahrschule, später ein Kindergarten, und mittlerweile ist da gar nichts mehr, denn die Huttersbergers haben die Tür zum Ladenlokal in einen Hauseingang umgebaut und die Fensterfront zugemauert und den Tante-Emma-Laden, der ein Tante-Leni-Laden war, in eine Zwei-Zimmerwohnung verwandelt und an ein junges unverheiratetes Paar aus Rumänien vermietet. Sie sind unverheiratet, sagt die Frau Huttersberger bei jeder Gelegenheit, unverheiratet, aber nette Leut. Das hat mir die Kramer Anne geschrieben, in den Briefen, die sie mir nach Regensburg geschrieben hat, während sie gedacht hat, dass ich in Bulgarien sei, es kamen nur sehr wenige Briefe von ihr, denn irgendwie scheint es ihr zu weit zu sein, habe ich gedacht, obwohl es der Kramer Anne ja hätte egal sein können, wie weit die Post ihren Brief transportiert, damit ich das, was die Kramer Anne mir unabhängig von jeder Entfernung mitteilen wollte, lesen würde, aber dennoch glaube ich, Kollbach–Bulgarien, das war ihr einfach zu weit in ihrer Vorstellung. Von der Vorstellungskraft her. Sie hat nicht so viel Kraft, für nichts hat sie viel Kraft, sie war immer sehr zart, sehr schlank, fast dürr, eine Bohnenstange.

Die Briefe sind erst in Bulgarien umgeleitet worden, denn der Anne habe ich eine bulgarische Adresse gegeben, die ich mir an einem sonderbaren Tag in einem Internetcafé ausgesucht habe. Ein Internetcafé in einem Einkaufszentrum, das gleichzeitig aufgeräumt und unaufgeräumt ist, das mit den vielen Wegweisern, den Waren, Artikeln, Produkten, Brunnen, Läden, Menschen, Kindern, Geräuschen, den Anzeigetafeln und der schlechten Luft die reale Entsprechung des Internets sein könnte, ja, dachte ich, wenn das Internet irgendwo zuhause wäre, dann vielleicht in so einem Einkaufszentrum, und so kam ich auf die Idee, auch mir selbst eine Adresse zu verpassen, die zu mir passen könnte. Es ist ein Hotel in Sofia, dem Hotel habe ich meine richtige Adresse in Regensburg gegeben, damit sie die Post von der Kramer Anne an mich schicken können. Im Laufe der Zeit ist die Post aber nicht mehr von der Kramer Anne, sondern von einem Dr. Decker und schließlich auch vom Fassl Manfred gekommen. Spätestens da ist es mir klar geworden, dass es, so wie es für die Kollbach selbst kein Entrinnen gibt, auch vor der Kollbach kein Entrinnen gab, weder für Bruderherz noch für mich. Nicht umsonst verläuft die Kollbach unruhig und rastlos, und weil sie so klein und unbedeutend ist, fällt es keinem auf – erst wenn es schon zu spät ist, wenn sich die Kollbach schon durch das Gehirn geästelt und alles darin mit ihrem schwarzen Wasser getränkt hat und irgendwann vollständig ertränkt haben wird.

Vielleicht hätte die Kramer Anne heute mehr Kraft, um an eine so fremde Adresse zu schreiben, ich weiß es nicht, denn ich habe sie seit damals nicht mehr gesehen. Ich kann mir vorstellen, dass sie allein beim Schreiben der Adresse schon nach den ersten Buchstaben seufzend den Stift weggelegt und sich gedacht hat: Stefan Stambolov, was habe ich mit diesem Menschen zu tun? Und die Anne, so stelle ich es mir vor, während ich durchs Fenster des rumänischen, in wilder Ehe lebenden Paares hineinschaue, sie konnte es sich einfach nicht vorstellen, wie ich in einer Straße, die 12 Stefan Stambolov Str. 1000 Sofia heißt, leben würde, ohne zu ahnen, dass ich nicht in einer Straße in Bulgarien, sondern an einem Platz in Regensburg wohnte, an einem ziemlich lauten Platz, inmitten eher leiser Menschen, mit einem Menschen, den es schon gar nicht mehr gibt.
Das rumänische Paar hat seine Wohnung genauso eingerichtet, wie alle unverheirateten und auch alle verheirateten Paare ihre Wohnungen einrichten, vorne raus Schlaf- und Wohnzimmer und hinten raus Küche/Bad, ich kann aber nur in das Schlafzimmer und in das Wohnzimmer schauen, es ist nichts Ungewöhnliches zu sehen, etwa etwas gewöhnlich Rumänisches, das dann etwas in Bayern oder gar Kollbach Untypisches wäre, nichts dergleichen.

Ich biege nach der Mitte der Hauptstraße, die seit wahrscheinlich zweitausend Jahren schon die Hauptstraße ist, die schon eine keltische Hauptstraße war und noch immer einfach Hauptstraße heißt, in die kleine Stichstraße, die unsere Straße ist, und ich betrachte meine Beine, wie ich meine Beine immer betrachtet habe. Sie wirken normal. Sie tragen mich, auch wenn in mir drinnen alles schläft und träumt. Sie sehen aus wie immer. Alles sieht aus wie immer. Ich habe die Eltern angerufen und sie gefragt, ob es ihnen recht sei, am Sonntag. Wenn ich am Sonntag käme. Aber natürlich, hat die Mutter gesagt, natürlich ist uns das recht, wir freuen uns, der Vater und ich. Und Ludwig?, habe ich gefragt. Komm erst einmal vorbei, hat die Mutter gesagt. Ich back dir einen Kuchen.

36

Er hat sich ein Ticket nach Sofia gekauft, von dort aus wollte er mit einem Leihwagen ans Schwarze Meer fahren, das schien ihm die ordentlichste Lösung zu sein. Er hätte die Donau hinunterfahren können, durch Österreich, Ungarn, den Balkan, durch Moldawien und die Ukraine hindurch, er hätte sich selbst ins Schwarze Meer fließen lassen können. Das war genau das, was er nicht wollte. Er wollte sich von der anderen Seite nähern, er wollte es ganz rational machen, organisiert, systematisch, wie er auch in seinem Bücherregal nichts dem Zufall überlassen wollte, wie er immer zwei Bücher schon in der Warteschleife herumstehen hatte. Wie er selbst auch in der Warteschleife gestanden ist, viel zu lange vielleicht einfach nur in der Warteschleife gestanden ist oder herumgegangen in seiner Warteschleife, bis er versucht hat, ans Schwarze Meer zu kommen.
Er ist daran gescheitert, das stimmt, es weiß aber keiner, was er gemacht hat, was er zwischen Warteschleife und Sofia und Warteschleife und der Rückkehr an die Kollbach gemacht hat, es müssen fünf Jahre gewesen sein, die er in der Warteschleife verbracht hat, Bruderherz weiß selbst nicht, was er genau gemacht hat.

Er ist zu einem Flughafen gefahren und hat sich an einem Schalter der Bulgaria Air ein Flugticket gekauft. Dann ist er wieder nach Hause gefahren. Am nächsten Tag ist er zum Flughafen zurückgekehrt, mit Gepäck, einem Koffer und einem Handkoffer, der Koffer war leer, im Handkoffer das Nötigste, das man zum Reisen braucht, Pass, Geld, Telefon, Laptop, eine Zeitung, Kaugummis. Er ist zum Schalter gegangen, an dem er das Ticket gekauft hat, man hat ihn freundlich und mit einem nachsichtigen Lächeln an den Check-In verwiesen, er hat sich am Check-In angestellt. Als er dran war, hat er nichts gesagt, Ihren Ausweis bitte, sagte eine ebenfalls freundliche, nachsichtig lächelnde Dame in einem feschen Kostüm, er gab ihr den Ausweis, sie gab ihm sein Ticket. Stellen Sie bitte Ihren Koffer auf das Band, er stellte seinen Koffer auf das Band, die Waage zeigte zwei Kilogramm an, die Frau im Kostüm lächelte, diesmal erstaunt, sie sagte, Gate 9, es steht auch hier auf dem Ticket, sehen Sie: hier, er nickte, sie bedankte sich, dass er mit Bulgaria Air fliegen wolle, er wusste nicht, was er antworten sollte und antwortete nichts.

Er ging zu Gate 9, er tat so, als sei er schon oft geflogen, als sei er ebenso geübt und routiniert im Fliegen wie alle anderen, er mochte nicht als Anfänger dastehen vor dieser Flughafenwelt, die so selbstverständlich tat, als gäbe es sie schon immer, als gäbe es sie schon länger als ihn, was nicht stimmte, weil der Flughafen ganz neu gebaut war. Er lief den Schildern nach, konzentrierte sich auf die Hinweisschilder *Gate 1–12, Gate 1–12, Gate 1–12,* bis er zur Sicherheitskontrolle kam, er machte es den anderen nach, legte seinen Gürtel in einen Korb, leerte die Taschen, seine Geldbörse und seine Schlüssel, alles in den Korb, er zog seinen schwarzen Laptop aus dem Koffer, Extrakorb für den Laptop, er ging durch die Schleuse, es piepte, er hob gehorsam die Hände, als er durchsucht wurde, er zog die Schuhe aus, sein Herz klopfte, er wusste nicht warum, es war nichts passiert, wie auch anderen Fluggästen nichts passiert war. Aber allein der Verdacht, er könnte etwas Böses im Schilde führen. Er räusperte sich, er hätte gerne etwas gesagt, die Sicherheitsbeamten sahen verschlossen aus, er konnte nichts sagen, er nahm seine Sachen und ging Richtung Gate 1–12. Am Gate 9 setzte er sich auf eine der Bänke, in eine Reihe mit den anderen, er dachte darüber nach, ob man es ihm ansah, dass er etwas Böses im Schilde führte.

Als die anderen Fluggäste aufstanden, während eine Durchsage-Stimme freundlich und nachsichtig etwas sagte, auf Bulgarisch, weder auf Deutsch noch auf Englisch, die anderen Fluggäste sahen allesamt bulgarisch aus, dunkelhäutig, viele Kinder, die Frauen in Kopftüchern, da stand er mit auf, da stellte er sich wie die anderen in einer Schlange an, hielt, als er an der Reihe war, der Frau am Schalter sein Ticket hin, sie lächelte ihn freundlich an, und weil seine Hand zitterte, berührte sie ihn kurz und ihr Lächeln wandelte sich von einem freundlich-nachsichtigen in ein aufmunternd-nachsichtiges Lächeln, er zog erschrocken die Hand weg, er stieg ein, er hatte Platz Nummer 28 F, doch da saß schon einer, er setzte sich auf den Sitz daneben, ohne etwas zu sagen, der Flieger war nur halb voll, und kurz darauf ging es los, auf Bulgarisch, ausdrücklich auf Bulgarisch. Erst als er in Istanbul ankam, wurde ihm plötzlich klar, was ihm schon die ganze Zeit irgendwie klar gewesen war, dass es keine Bulgaren waren, dass es nicht Bulgarisch gewesen war, dass in dem Flieger ausschließlich Türken gesessen hatten außer ihm, dass er einen Flug zu früh genommen hatte, er stand auf einem sehr schönen, sehr ordentlichen, sehr neuen Flughafen nahe des Bosporus, er war dem Schwarzen Meer schon viel näher gekommen, als er geplant hatte.

37

Der Arzt hat einen Tisch beim Fasslwirt reserviert, für mich und ihn, er weiß nicht, dass wir uns kennen, der Fassl Manfred und ich, er fragt mich schon zu Beginn unseres gemeinsamen Essens, als wir noch das erste Getränk auf dem Tisch stehen haben und noch nicht einmal die Speisen bestellt haben, ob wir uns duzen sollen. Er hat keine Antwort abgewartet, sondern mir die Hand hingestreckt, über den Tisch hinweg hingestreckt, sein Arm wurde länger, die Hand wurde größer, je näher sie mir kam.
Manfred, sagt er und ich drücke die Hand und sage gar nichts. Ich sage selten nichts. Manfred denkt, das ist mir sofort klar geworden, ich sei ein Mensch, der eher wenig sagt, vor allem in persönlichen Dingen eher wenig sagt, verschlossen vielleicht, denkt er, verschlossen wie Ludwig, er denkt, weil wir Zwillinge sind, sind wir beide auf die gleiche Art verschlossen, aber wir sind ja einander gar nicht verschlossen und darauf kommt es an. Aber das weiß Manfred nicht.
Der Fassl Manfred dagegen weiß es, er ist, kurz nachdem der Arzt Manfred mir seine immer größer werdende Hand mit dem in die Länge wachsenden Arm über den Tisch gereicht hat, an unseren Tisch gekommen, hat Manfred streng angesehen und gefragt, möchten Sie bestellen? Ich habe nichts gesagt, es hat mir gefallen, dass Manfred gedacht hat, ich sei eine, die nicht viel sagt. Ich dachte, das würde mir möglicherweise helfen, nicht viel zu sagen. Zu sehen, was passiert, wenn man nicht viel sagt, weil man das alles später wieder aufräumen muss, das Gesagte, das dann herumliegt und keiner räumt es weg. Ich habe es schon in Regensburg geübt, mit Charlie, die sich einfach umgedreht hat, wenn

sie nichts mehr verstanden hat, die sich nicht lange konzentrieren konnte, wegen dieser Schmerzen, und kaum bin ich hier in Kollbach, übe ich weiter, das bin ich ihr schuldig.

Ich sage also nicht, mach mir ein Bier, Manfred, sondern warte ab, was der Arzt sagen wird. Er bestellt etwas für uns beide, der Manfred hat aus irgendeinem Grund begriffen, dass hier ein Experiment stattfindet und den Mund gehalten, keine Miene verzogen hat er, weder in meine Richtung noch in die des Arztes Manfred. Ich denke, dass der Fassl Manfred mir sowieso kein Essen hinstellen wird, von dem er weiß, dass ich es nicht esse, weil er, selbst wenn er meinen Geschmack nicht mehr kennt, den meines Bruders erkennen wird, und wenn er den meines Bruders nicht mehr kannte nach dessen fünfjähriger Abwesenheit, dann wird er sich an meinem Geschmack orientiert haben, denn ich war ja all die Jahre da gewesen.
Bis Bruderherz zurückgekommen ist, bin ich ja ununterbrochen da gewesen, in Kollbach, am Schwarzen Wasser. Ich bin ja erst gegangen, als der Bruder mich abgelöst hat, bei der Wache, denn einer von uns beiden muss hier bleiben und Wache schieben, doch erst seit ich wieder zurück bin, bekomme ich eine Ahnung davon, was wir eigentlich bewachen und bewacht haben, die ganze Zeit lang, Bruderherz und ich.

Der Arzt Manfred weiß davon nichts, er erzählt mir von seiner Kindheit in München, im Stadtteil Haidhausen, wo er aufgewachsen ist, mit einer Mutter, die Kinderärztin im nahegelegenen Krankenhaus war, deren erster Mann früh gestorben war und deren zweiter Mann, sein Vater, noch früher starb, schon kurz nach der Zeugung starb Manfreds Vater an einer Lungenentzündung, während der erste Mann an einem Schlag auf den Hinterkopf gestorben war oder besser gesagt gestorben wurde, wie Manfred lachend

sagt, sein Lachen soll besagen, dass er über alles hinweg sei. Die alleinerziehende Mutter hat ihn, den kleinen Manfred, auf der Kinderstation des Krankenhauses untergebracht, tagsüber, manchmal auch in der Nacht, manchmal, so sagt Manfred, habe er nicht mehr gewusst, ob seine Mutter wirklich seine Mutter war oder ob er nur ein weiterer Patient aus der Masse ihrer vielen kleinen Patienten war, meine kleinen Patienten, hat seine Mutter über ihre kleinen Patienten gesagt, und manchmal war auch er damit gemeint, dabei war er ja gar nicht krank. Die Mutter war allerdings krank, sie ist gestorben, als Manfred vierzehn war, sie ist an einem Herzfehler gestorben, von dem keiner etwas gewusst hatte. Manfred blieb im Krankenhaus rechts der Isar auf der Kinderstation einfach wohnen, kaum einer wusste, dass er kein kleiner Patient war, sondern auf dem Weg dazu, ein großer Arzt zu werden.
Ich habe viel gelernt in diesem Krankenhaus, manchmal ist das Schlimmste, was einem passiert ist, das Beste, was einem passieren konnte, so war's bei mir jedenfalls, deshalb bin ich auch so ein positiver Mensch, sagt Manfred, vielleicht ist es bei dir auch so, Luise, vielleicht ist es das Beste so, für Ludwig und für dich. Was genau, habe ich gefragt, und Manfred hat gesagt, habt ihr jemals ein Verhältnis miteinander gehabt?

38

Vielleicht hat der Vater auch gesagt, rettets mir den Bauch von der Frau, zwei Kinder sind eh genug, vielleicht hat die Mutter selbst gesagt, auf keinen Fall ein Kaiserschnitt, oder

die Ärzte haben geschlafen, aber Fakt ist, dass die Mutter keinen Kaiserschnitt hatte.
Bruderherz und ich haben uns aus dem Bauch der Mutter gekämpft, Bruderherz als erster, ich als zweite, Lotti muss dabei auf der Strecke geblieben sein, im schwarzen Wasser zurückgelassen, in das einer von uns dreien oder zwei von uns dreien oder vielleicht auch wir alle drei unsere ersten Reste zurückgelassen und uns dann so schnell wie möglich aus dem Staub gemacht haben. Es war das erste Mal gewesen, dass wir uns von etwas getrennt haben, das zu uns gehörte, denn bisher war es nicht notwendig gewesen, und später würden wir es immer wieder tun, uns von etwas trennen, nicht nur im Stress, aber im Stress ganz besonders, das Unnütze von uns der Welt hinterlassen, ohne Rücksicht auf irgendeinen Verlust, vollkommen unschuldig und deshalb auch vollkommen gleichgültig gegenüber dem, was das Unnütze von uns mit der Welt anstellen wird.
Und wir würden nie wissen, welche Folgen das Unnütze von uns für die Welt haben wird, weil es in dem Moment, wo es als Unnützes von uns ausgeschieden wird, kein Teil mehr von uns ist.

Es hat für das, was passiert ist, noch nicht einmal ein passendes Gefühl gegeben. Es ist für diesen Fall kein spezielles menschliches Gefühl vorgesehen, das Bedauern vielleicht käme in Frage, doch das Bedauern ist kein Gefühl, weil es eine Denkleistung voraussetzt, nämlich die, dass es schade ist, dass so etwas vorkommt, hat Bruderherz geschrieben, in einer Pristinaschrift, 12 pt, ich weiß nicht, was er sich dabei gedacht hat, wie er sich vorgestellt hat, was man fühlen sollte, warum man etwas Vorgeschriebenes fühlen sollte.

Zwillinge sind selten, Drillinge noch seltener, hat Manfred zu mir gesagt, das Mekoniumaspirations-Syndrom kann man nur als absolute Ausnahme betrachten, und als Arzt muss Manfred es ja schließlich wissen, wer kann es besser wissen als Manfred, es ist nicht vorgesehen, dass so etwas passiert, und wenn es doch passiert, ist es eigentlich nicht vorgesehen, dass überhaupt einer der Beteiligten davon erfährt, hat Manfred gesagt, um mich zu trösten wahrscheinlich, aber mit dem Trost konnte ich nichts anfangen, und deshalb bin ich an jenem Abend nach Hause gegangen, bevor Manfred seine Hose zusammenfalten und auf einen Stuhl legen konnte, so vorsichtig, als könne er den Stuhl oder die Hose mit dieser Handlung irgendwie verletzen.

Ich lebe damit, ohne mit der Wimper zu zucken oder in ununterbrochenen Krämpfen mich zu winden, habe ich zu Manfred gesagt, das ist doch seltsam, oder? Ich lebe damit so, weil sich mein Bruder geopfert hat für mich, ohne dass ich ihn jemals darum gebeten hätte. Hätte ich ihn darum gebeten, hätte er sich ja gar nicht mehr opfern können, er hätte ja nein sagen müssen, er hätte sich nicht mit meinem Wissen für mich opfern können. Man sollte es den Leuten selbst überlassen, ob sie so ein Opfer möchten. Soll ich mich für dich opfern, könnte man in so einem Fall fragen, man könnte es auch schriftlich anfragen, mit drei Antwortmöglichkeiten: ja, nein, vielleicht.
Mein Bruder Ludwig hat die Frage und die Auswahl der Antworten zu stellen versäumt, er hat sich ungefragt geopfert, er hat sich ungefragt zwischen mich und Lotti gedrängt. Dabei war Lotti einmal direkt neben mir gewesen, ich habe ihren Körper gespürt, ihr Herz, das genauso aufgeregt geschlagen hat wie meins, das Leben, jetzt beginnt das Leben, mein und unser Leben, ich habe ihre Beine gespürt, die sich neben mir bewegt haben und im Fruchtwasser unserer Mutter getretelt sind wie die kleinen Katzen, wenn sie trinken wollen an der Mutterzitze.

Aber schließlich ist alles anders gekommen, obwohl es so nicht vorgesehen war: Bruderherz ist Lotti näher gekommen, als ich es jemals sein werde. Er ist ihr näher, weil er alles auf sich genommen hat, weil er das erste Katzerl und dann alle anderen umgebracht hat, weil er das Haus des Hintergreiner angezündet hat, weil er mir nichts gesagt hat, von seinem Verdacht, von seinem Wissen, von seiner Schuld, weil er geschwiegen hat, weil er es verborgen hat, weil er Lotti auf diese Art noch mehr verborgen und getötet hat, als sie sowieso schon verborgen und tot gewesen ist.

39

Komm dahin, komm hierhin, sagte Charlie an manchen Tagen, dann wollte sie mit mir zu Mittag essen, dann wollte sie alles wissen, was ich den ganzen Tag gemacht habe, was ich noch vorhabe, dann machte sie sich plötzlich Sorgen und wollte deshalb alles wissen, als würde das an ihren Sorgen etwas ändern. Ich versuchte ihr beizubringen, dass sie aufhören sollte, sich Sorgen zu machen, weil die Sorgen alles noch schlimmer machen, aber sie hörte nicht auf mich, sie verstand es nicht, es ist schwer, auf jemanden zu hören, um den man sich Sorgen macht.

Komm hierhin, komm dahin, sagte Charlie, und gab mir eine Adresse und eine Beschreibung, hier biegst du links ab, dann gehst du geradeaus, bis zur Donau, dann musst du rechts abbiegen – manchmal konnte ich das Ziel einfach nicht finden, aber nicht, weil die Beschreibungen nicht gestimmt hätten, sondern weil mir bei den Orts- und Rich-

tungsanweisungen immer eine bestimmte Zeit vorschwebte, und diese Zeit hat lange nicht gestimmt, *bieg rechts ab und geh geradeaus* dauerte in meinen Vorstellungen nicht sehr lange, vielleicht eine Minute, tatsächlich waren aber vierzehn Minuten gemeint. Einmal auf dem Weg zur Universität bin ich wieder umgekehrt, es erschien mir viel zu lange, dieses *ein Stück geradeaus,* ich ging und ging und ging, es war weder zu heiß noch zu kalt noch regnete es, zumindest kann ich mich nicht erinnern, ich erinnere mich nur, dass mir der Weg so lange vorkam, dass es schon lange kein Stück mehr nur war, das ich da am Gehen war, dass es etwas anderes als ein Stück war, nur stand das nicht da, da stand *ein Stück; ein Stück geradeaus.*
Ich kehrte wieder um. Der Weg zurück erschien mir noch länger, und so beschloss ich nach einiger Zeit, dass ich doch richtig gewesen war, dass ich eine Stadt wie Regensburg nicht mit einem Dorf wie Kollbach oder Dirnaich, mit Fleischöd, Kainzub, Pirka und Scharlach und auch nicht mit Eggenfelden, Taufkirchen oder Gangkofen vergleichen durfte, wo es maximal 19 Abbiegungen geben mochte und wo eine Richtungsänderung eine ganz andere Zeitangabe voraussetzt und wo *ein Stück* nur hundert Meter bedeuten und wo *eine Zeitlang geradeaus* zum Beispiel durch den Wald ganz durch bedeutet und mit *durch den Wald ganz durch* ist auf keinen Fall *ein Stück* gemeint.

Ich bin also wieder umgekehrt, weil ich an Kollbach gedacht habe und wie ich jeden Morgen durch den Wald gelaufen bin, durch Haberskirchen und Nußdorf und manchmal bis nach Malgersdorf und dann wieder zurück. Manchmal bin ich am Abend noch einmal dieselbe Strecke gelaufen, immer die Kollbach entlang, die so unruhig verläuft, wie auch ich unruhig verlaufe, aber dennoch ruhig werde beim Laufen, und ich habe daran gedacht, wie ich

gelaufen bin, ohne mir darüber Gedanken zu machen, wie lange und wo es hingeht und wo es enden wird. Ich habe auch nie *ein Stück* gedacht. Ich war plötzlich so froh, dass ich von diesem gedankenlosen und auch im Nachhinein betrachtet sinnlosen Die-Kollbach-entlang-Laufen befreit worden war, denn ich wäre ja sowieso nie über Wabach hinausgekommen, ich war so froh, dass sich mir hier an der mächtigen Donau diese Fragen gar nicht stellten, dass ich bereit war, den ganzen Weg zur Universität noch einmal zu gehen, und diesmal ließ ich mich nicht verunsichern von den Orts-und Richtungsanweisungen, die in meinem Kopf mit falschen Zeitangaben verbunden waren.
Ich ging über diese falschen Verknüpfungen einfach hinweg, als existierten sie nicht, und so bin ich tatsächlich angekommen, dort angekommen, wo Charlie mich haben wollte, in einer Pizzeria an der Universität, rechts Buchhandlung, *gehe über einen großen Platz,* Pfeil Pizzeria.

Es war ein Sommertag ohne Sonne, ein bewölkter Sommertag, ich erinnere mich, dass ich eine Jacke anhatte und ich erinnere mich, dass Charlie eine Stola trug, eine schwarze Stola. Sie saß an einem Tisch auf der Außenterrasse, vor sich ein Glas Wasser, sie hatte bereits gegessen, weil sie mit mir nicht mehr gerechnet hatte, ich sagte, ich hab's gefunden, und setzte mich ihr gegenüber, sie lächelte knapp und sagte, ich hab mir Sorgen gemacht, wo du bleibst, man kann sich hier ja nicht verirren.
Ich konnte ihr nicht widersprechen, denn hätte ich ihr widersprochen, hätte ich ihr erklären müssen, dass ich ein Problem mit falschen Zeit-Ort-Verknüpfungen habe, ich war mir nicht sicher, ob das ihre Sorge um mich nicht vergrößert hätte. Damals hat sie angenommen, dass ich einfach zu spät losgegangen war. Dabei bin ich in Wirklichkeit sehr früh, sogar überpünktlich losgegangen, umso schwerer war

es für mich ja zu begreifen gewesen, dass es so lange dauerte, bis ich an den von ihr beschriebenen Orientierungspunkten angelangt war. Hätte sie eine Zeitangabe dazu geschrieben, hätte das möglicherweise mein Problem gelöst. Aber kaum ein Mensch kann sich vorstellen, dass seine Zeitvorstellung nichts mit der Zeitvorstellung anderer Menschen zu tun hat, es sei denn, sie stimmen zufällig überein.
Dennoch ist es manchmal möglich, einem anderen Menschen diese Vorstellung zu übermitteln. Möglicherweise wäre Charlie über eine Erklärung von mir glücklich gewesen, möglicherweise hätte der Versuch einer Erklärung dazu geführt, dass sie meine Zeitvorstellung verstanden hätte. Ich weiß es nicht. Jetzt ist dieser Versuch hinfällig, es ist zu spät für Versuche. Was möchtest du trinken?, fragte Charlie. Einen Limo, entgegnete ich, und Charlie rief den Ober.

40

Ich bin an der Bushaltestelle gesessen, ich habe gedacht, dass ich mich nicht mehr bewegen kann. Die Bushaltestelle war das Ende. Das Ende von etwas, das mir nicht klar war, es war nur klar, dass es ein Ende war.
Es war eine kalte Nacht, aber ich fror nicht, ich spürte, dass es kalt war, und ich wunderte mich, dass ich nicht fror, ich friere normalerweise sehr schnell, in jener kalten Nacht aber fror ich nicht. Ich schaute auf die Kirche, sie sah aus wie immer, auf die Straße, die auch aussah wie immer, es standen dieselben Autos am Straßenrand geparkt, fast alle in derselben Reihe, fast, denn wann immer ein Wagen ein

bisschen aus der Reihe tanzte, taten ihm die nachfolgenden es nach, als könne man sich immer nur am Vordermann orientieren und nicht an etwas so Grundsätzlichem wie einer Bordsteinkante. Ich schaute eine Zeit lang auf die Straße mit ihrem grauen Straßenbelag, auf dem um diese Zeit kein einziges Auto fuhr, sodass sich dieser Straßenbelag eine ganze Nacht lang erholen konnte wie die Bewohner von Kollbach, die sich nachts auch erholen können, bevor sie zur Bäckerei gehen, die in wenigen Stunden öffnen würde, eine halbe Stunde, bevor der erste Bus kommen würde, der Bus von Gangkofen nach Taufkirchen. Ich fragte mich keine Sekunde, ob es der richtige Bus sein würde, es war ein Zufall gewesen, dass ich mich ausgerechnet in das Wartehäuschen in Richtung Taufkirchen und nicht in das Wartehäuschen in Richtung Gangkofen gesetzt hatte, genauso wie alles ein großer Zufall gewesen ist: dass ich an der Kollbach aufgewachsen bin, dass ich mich mit dieser Kollbach vollkommen verlaufen habe, mit einem Bruder zusammen verlaufen habe, der Ludwig geheißen hat und noch immer Ludwig heißt, dass ich hier gelebt habe, dass ich jetzt weggehen werde, weil ich an einem Ende angelangt bin, und weil ein Ende dafür da ist, auf einen Anfang zu warten. Ich wusste gar nicht, ob ich mich noch am Ende oder schon am Anfang befand, aber das war ja letztendlich ganz egal, die kalte Nacht im Wartehäuschen nach Taufkirchen war ein Übergang, unmerklich, wie die kurze Pause, die man beim Sprechen macht, wenn man mit dem Wort *Ende* fertig ist und das Wort *Anfang* noch nicht angefangen hat.

Ich schaue auf die Kirche, deren Turm aussieht wie ein frisch gespitzter Bleistift, der etwas in den Himmel schreiben soll, und ich denke eine Weile darüber nach, wie dieser Bleistift einfach nicht zum Zuge kommt, wie er immer wieder an-

setzt, um etwas zu schreiben, in den Himmel, wie er aber immer wieder den Mut verliert, weil das, was er hineinschreiben will, nicht das Richtige zu sein scheint, und über dieses ständige Ansetzen und Wiederabsetzen vergehen die Jahre, der Bleistift muss immer wieder frisch gespitzt werden, falls es doch jemals dazu kommt, dass er etwas in den Himmel schreibt, aber es kommt nicht dazu.
Wenn der Morgen graut, verändern sich die Geräusche. Die Zeit, bevor der Himmel grau und dann beige wird, ist dieselbe Zeit, in der die Welt nicht schläft, aber gähnt, einen Moment lang selbstvergessen, und es kommt ein neuer Ton hinzu, ein Abschiedston, der sich wehleidig anhört. Und als es dann doch dämmert in jener kalten Nacht, stehe ich auf und gehe hinüber zum Denkmal am Rathaus, wo der Toten aus den beiden Weltkriegen gedacht wird, wo des unbekannten Soldaten aus dem 2. Weltkrieg gedacht wird, mit seinem Allerweltsgesicht, und ein paar anderer, die aus dem Dorf Kollbach stammten, und da hätte auch der Name meines Großvaters stehen können, der die Katzerln erfrieren lassen hat, die meine Tante Hedwig angegriffen haben im Schupfen, damals in jenem Winter. Sein Name hätte da stehen können, denn Kälte ist so ähnlich wie Krieg, der Großvater ist nicht im Krieg erfroren, es war nicht in Russland, aber es war dennoch einfach zu kalt in jenem Winter, selbst für einen, der Kälte gewohnt war.

Als der Duft der Bäckerei zu mir herüberzieht, weiß ich, dass der Anfang angefangen hat. Die Huberin schaut zu mir herüber, nachdem sie den Laden von innen aufgesperrt hat, sie schaut zu mir herüber, grußlos, wie sie auch den grauen Straßenbelag nicht grüßt, der jeden Morgen ebenfalls nicht grüßt. Ich springe auf, laufe nach Hause, der Bus wird bald kommen, die Petra hat gesagt, jeden Tag um 5 Uhr 50, ich packe die Reisetasche, die mir meine Eltern zu irgendeinem Weihnachten oder zu irgendeinem Geburtstag geschenkt haben, auch mein Bruder hat eine, auch er hat sie mitgenommen, als er eines Nachts verschwunden ist, vielleicht sogar mit demselben Bus verschwunden ist.

Es ist erstaunlich einfach, eine Reisetasche zu packen, ich nehme frischgebügelte Kleidung aus dem Kleiderschrank, jeweils einen Stapel Socken, Unterwäsche, Hosen und T-Shirts, einen Rock und zwei Paar Schuhe packe ich ein, ich gehe ins Bad, ich glaube nicht, dass ich versucht habe, leise zu sein. Ich habe noch immer meine Trainingssachen an, die ich nicht wechsle, weil ich sie sowieso mitnehmen will, ich ziehe über die Trainingsjacke einen Anorak, und erst als ich die Tür hinter mir zugezogen habe, fällt mir auf, dass die Eltern nicht wach geworden sind, nicht aufgestanden sind, nicht mit schlaftrunkenen Gesichtern nach diesen morgendlichen Vorgängen fragen, nicht geh ins Bett und schlaf dich aus gesagt haben. Ich frage mich, ob sie vielleicht tot sind, ob sie vielleicht ermordet in ihren Betten liegen, doch das scheint mir unwahrscheinlich, und so laufe ich zurück zum Wartehäuschen, die Huberin hat die Bäckerei-Tür wieder geschlossen. Kaum habe ich mich im Häuschen wieder hingesetzt, kommt schon der Bus, die Linie 50. Es ist 5 Uhr 53.

Nach Eggenfelden will ich, sage ich zum Busfahrer, hast ein Monatsticket, fragt er, ich verneine, und weil er vergessen hat, genügend Kleingeld bereitzuhalten, darf ich umsonst mitfahren.

In Taufkirchen umsteigen, sagt er, als ich mich setze. Er schaut mich durch seinen Spiegel an, er hat die Stirn in kleine Falten gelegt, und bevor ich darüber nachdenken kann, was ihm solche Sorgen macht, bin ich eingeschlafen.

41

Charlie war noch ein Kind, als alle gestorben sind. Wer nicht gestorben ist, ist ausgewandert, sagt sie, wir sitzen am Küchentisch und essen Grießnockerlsuppen, Charlie hat für vier gedeckt, aber es kommen nur zwei, Charlie und ich sind da, immerhin, ich weiß nicht, ob ich es ihr sagen darf, dass wir nur zu zweit sind, noch immer zucke ich zusammen, wenn ich das vierte Gedeck sehe, obwohl ich es ja gewohnt bin, dass für mehr Personen gedeckt wird, als tatsächlich kommen. Nur Charlie zuckt nicht zusammen, beim Tischdecken nicht und auch nicht beim Erzählen, und vielleicht ist sie noch nicht einmal zusammengezuckt, als alle gestorben und die, die nicht gestorben, ausgewandert sind.
Wohin ausgewandert?, frage ich sie, und sie sagt, Indonesien. Was, Indonesien, wirklich? Ja klar Indonesien, sagt Charlie, was hast du gegen Indonesien? Gar nichts, sage ich, im Gegenteil, es ist ein Wahnsinn, ich glaub es kaum, auch ich habe kürzlich ebenfalls mit einem zu tun gehabt, der in Indonesien war. Wo da?, fragt Charlie, und ich sage, überall, überall in Indonesien, überall da, wo man indonesisch spricht. Sie selbst spricht nicht indonesisch, obwohl sie von den Verwandten mehrfach aufgefordert wurde, es zu lernen, um nachzukommen, nachdem fast alle gestorben waren, ihre Geschwister, die Eltern, die Großeltern, ein Cousin, ein Onkel. Sie sind gestorben, als sie alle zusammen in einem Auto zur Maidult nach Regensburg unterwegs waren, und die Großeltern sind eine Woche später gestorben, an einer mysteriösen Krankheit namens Kummer, sagt Charlie.
Die Großeltern waren nicht dabei, als die Eltern, Geschwister, ein Onkel und ein Cousin auf dem Weg zur Maidult

waren, aber nicht, um Riesenrad oder Krake oder Kettenkarussell zu fahren, sondern um im großen Bierzelt zu sitzen und Bier zu trinken und zu schunkeln und um schließlich, sagt Charlie, hinters Zelt zu kotzen, einer nach dem anderen, wie Schichtarbeiter, die dafür sorgen müssen, dass regelmäßig gekotzt wird, egal, wie spät es ist. Wenn sich einer geleert hat, hat der andere es bald danach nicht mehr ausgehalten, und dann ist es bei dem wieder eine Zeit lang gut gegangen, bis der nächste gekotzt hat, und am Schluss war wieder der erste so voll, dass es Zeit für ihn war, hinters Zelt zu gehen. Hinterm Zelt befanden sich Tonnen Kotze aus Bier, Weißwürschteln, Brezen und Senf, die Grundfarbe war ocker, wie die Grundfarbe von Kotze meistens ocker ist, sagt Charlie und ich merke, dass sie gar nicht mehr aufhören kann, dass sie sich hineinsteigert.

Wo warst du, wenn sie alle im Bierzelt waren? Ich war daheim, sagt Charlie, ich war daheim, weil ich noch zu klein für das Gekotze war, sie haben mich einmal mitgenommen und als sie mich wieder mitnehmen wollten, sagte ich, ich sei noch zu klein. Zum Glück war ich zu klein, sagt sie, sonst wäre ich auch ertrunken wie die anderen, die mit dem Auto in die Donau gefahren sind, noch bevor sie in Regensburg angekommen waren und noch bevor sie auch nur einen Tropfen Bier oder andere alkoholische Getränke zu sich genommen hatten, noch bevor sie Weißwürschtel und Brezen und Senf in rauen Mengen zu sich genommen hatten.
Ein Lastwagen aus Straubing hat sie gerammt auf der Autobahnbrücke vor dem Tunnel. Welcher Tunnel?, frage ich, der Pfaffensteiner Tunnel, sagt Charlie, den sie 1974 gebaut haben, es war damals der längste Tunnel Europas, aber noch bevor man den Tunnel erreicht hat, biegt man ab, um zur Maidult zu gelangen oder zur Herbstdult, je nachdem, aber soweit sind sie gar nicht gekommen, sie sind nur bis

zur Autobahnbrücke gekommen und mit Karacho gegen die Leitplanke.
Der Wagen, ein Kleinbus, hat sich überschlagen und ist mit einem Salto über das Brückengeländer und hinunter 23 Meter tief auf die Donau geknallt, die schon gewartet hat, weil sie immer auf etwas wartet.

Die Eltern starben sofort, als sie auf der Wasseroberfläche aufschlugen, der Bruder, die Schwester und der Cousin sind ertrunken, der Onkel hat es überlebt und konnte in letzter Sekunde aus dem Auto klettern, er ist aber im Krankenhaus gestorben, er war zu lange im Wasser gewesen, sein Körper ist nicht mehr richtig warm geworden.
Vielleicht war er noch nie richtig warm mit der Welt, sagt Charlie, und ich denke, dass so ein Satz auch von Bruderherz sein könnte, aber ich sage es ihr nicht, ich möchte ihr nicht sagen, dass ich ein Bruderherz habe, es könnte sie, die alle verloren hat, traurig machen, denke ich, obwohl Charlie überhaupt nicht traurig wirkt, als sie die Geschichte erzählt, eher wie jemand, für den es gerade noch einmal gut ausgegangen ist.

42

Irgendwann hat es dieses Wort gegeben, schreibt Bruderherz, dieses Wort für Schwesterherz. Dass sie dauernd reden muss, dass sie nichts behalten kann, dass sie nichts für sich behalten kann, dass sie jeden Gedanken sofort ausscheiden muss. Dass es mit dem Reden auf einmal angefangen hat, als es auch mit dem Bluten auf einmal angefangen hat, dass

sie einfach geblutet hat, sie hat nichts dafür tun müssen, es ist aus ihr herausgeströmt, wie es wollte, und sie hat nichts machen müssen, nichts dafür und nichts dagegen machen müssen, sie hat sich Watte zwischen die Beine geklemmt, sie ist herumgesprungen, sie hat gelacht und getanzt und die Watte hat sich rot gefärbt, sie hat die Watte gegen das Licht gehalten und gesagt, was für eine Farbe, sie hat allen gesagt, dass sie jetzt blutet, selbst die Mutter war überrascht, völlig überrascht, obwohl die Mutter sich doch damit auskennen müsste. Die Mutter war gegen das Bluten, eigentlich, aber weil Schwesterherz so einen Zirkus drumgemacht hat, war die Mutter dann auch nicht mehr gegen das Bluten, sie hat Schwesterherz tonnenweise Watte gekauft und gelächelt, wenn sie herumgesprungen ist.
Aber sie blutet ja nicht immer, zum Glück, nur einmal im Monat blutet die Schwester wie die Mutter auch und wie alle anderen Frauen, selbst die nichtkastrierten Katzen bluten, wenn auch nur zweimal im Jahr, eine Riesensauerei, hat der Vater gesagt.

Wenn sie nicht blutet, dann erzählt sie alles, was sie denkt, von allem, was in ihr ist, muss sie sich sofort befreien, weil alles ihr zu viel ist, alles, was in ihr ist, ist zu viel für sie und muss raus. So ist es mit ihr gekommen, irgendwann ist es mit ihr so gekommen. Es hat ein permanenter Winterschluss- und Sommerschlussverkauf in ihr angefangen, alles, was sie sagt, sagt sie unter dem Wert, den es eigentlich wert ist, weil es einfach nur raussoll, wegsoll, man hat keine Zeit, es anzuschauen, es fliegt auf einen zu und man hat keine Wahl, dann breitet man die Arme aus und fängt die Worte und Gedanken auf, die Laute und Töne, das Zischen, das Gurren, das Andocken an den Schneidezähnen, das Rutschen auf der Zunge, es ist egal, was es ist, es ist eben immer alles auf einmal da, keine Zeit, etwas zu ordnen.

Es ist egal, welche Sprache sie spricht, es könnte Indonesisch sein. Es könnte Indonesisch oder Nicht-Indonesisch sein. Es gibt ein Indonesisch-Wörterbuch in der Kirchenbibliothek, es hat noch nie ein Mensch ausgeliehen außer Schwesterherz, hat mir die Bibliothekshelferin gesagt: Es ist komisch, dass Sie nach diesem Buch fragen, auch Ihre Schwester hat es ausgeliehen, ich weiß es deshalb, weil es das erste Mal war, dass dieses Buch ausgeliehen wurde in unserer Bibliothek. Sie hat mir sogar erklärt, warum sie es ausleiht, aber ich habe es vergessen, das tut mir leid, sagte die Helferin; ihre Mutter ist kürzlich an Malaria verstorben.

Schwesterherz hat auch das Indonesisch mit einer Schnelligkeit ausgeschieden, die ihresgleichen sucht, deshalb ist sie innerlich immer dermaßen aufgeräumt, weil sie immer und in jeder Sprache leer ist, weil sie immer von allem entledigt ist, und ich bin dafür da, ihre Unordnung wegzuräumen, ich sammle alles auf, was sie fallen lässt, selbst die blutige Watte, die sie neben das Klo fallen lässt und die sie manchmal verliert, die ihr einfach so aus der Unterhose rutscht, weil sie vergessen hat, sie zu befestigen mit den Klebestreifen, die extra dafür da sind, ich habe es ihr zwar erklärt, aber sie hat es wieder vergessen.
Das Aufräumen ist meine Aufgabe, das Verschwindenlassen ist meine Aufgabe, noch bevor ich auf der Welt war, war das meine Aufgabe, schon als sie ihre ersten Ausscheidungen von sich gegeben hat, denen ich gerade noch ausgewichen bin, denen ich instinktiv ausgewichen bin, wie ich mein Leben lang es geschafft habe, ihnen instinktiv auszuweichen, damit ich sie später wegräumen kann. Woher ich diese Gabe habe, ist wohl unwesentlich, jeder muss irgendetwas können, bei mir ist es das Aufräumen und das Wegräumen, das kann ich, ich kann aufräumen. Die einen sind in der einen

Sache stärker, die anderen sind darin schwächer, aber es gibt ja nicht nur die einen oder die anderen, denn es gibt auch die ganz anderen, und die sind anderswo, sie sind nicht dazwischen, sondern sie haben einen anderen Standpunkt, eine andere Perspektive. Wenn zwischen zwei Lebenden ein Toter steht, steht dieser nicht in deren Mitte, das ist klar. Wenn zwischen zwei Aufgeräumten ein Unaufgeräumter steht, steht dieser ebenfalls nicht in deren Mitte. Wenn zwischen zwei Unaufgeräumten aber ein Aufgeräumter steht, steht er in der Leere, er steht im Nichts, er steht weder in der Mitte noch steht er nicht in der Mitte, denn die Leere besagt nur, dass es keinen Platz für irgendetwas und für irgendjemanden gibt. Die Leere existiert nicht, solange wir leben, und das ist das eigentliche Unglück, schreibt Bruderherz, dass es keinen Weg in die Leere gibt, der freiwillig wäre.

43

Dass sie so gelogen hat, dass sie jahrelang so gelogen hat, hat die Kramer Anne gesagt. Aber ihre kleine Schwester, die mit dem Abitur, sagte, es war nicht gelogen, weil es sein hätte können, dass es so gewesen ist, und in dem Moment, in dem die Eltern und die Anne ihr zugetraut haben, dass sie gesprungen wäre, hätten sie ihren Teil zu der Geschichte beigetragen.
Und du bist ja gleich hysterisch geworden und jeden Tag vor diesen verdammten Kirchturm gefahren und hast eine Riesenshow abgezogen, es war ja fast schon so, als wärst du selber nicht gesprungen, sagte die kleine Schwester der Kra-

mer Anne verächtlich, sie verachtet mich, sagt die Kramer Anne zu mir. Sie sagt es nicht beleidigt, sie sagt es erstaunt, ein bisschen so, als hätte sie der kleinen Schwester bisher nicht zugetraut, dass sie in der Lage ist zu verachten, dass sie überhaupt zu so einem Gefühl fähig ist, als wäre Verachtung ein besonders kompliziertes Gefühl, das zu empfinden bestimmte Fähigkeiten voraussetzt, die sie ihrer Schwester nicht zugetraut hat.
Die kleine Schwester erzählte einen ganzen Abend lang und eine ganze Nacht lang und nach ein paar Stunden Schlaf auch den ganzen Vormittag lang die ganze Geschichte, sie erzählte es der Anne und den Eltern und anfangs waren auch noch die Nachbarn anwesend und zwischendurch der Briefträger, der morgens immer seinen Kaffee bei den Kramers trinkt, er stellt sein Fahrrad im Vorgarten ab und setzt sich an den Frühstückstisch der Kramers, der zu diesem Zeitpunkt noch nicht abgeräumt ist, obwohl die Kinder und der Herr Kramer normalerweise schon unterwegs sind, die Frau Kramer räumt den Frühstückstisch erst ab, wenn der Briefträger seinen Kaffee getrunken hat, seit 20 Jahren ist das so bei den Kramers, keiner weiß, warum es so ist, aber es hat keiner etwas dagegen, auch der Briefträger nicht, der am allerwenigsten.

An diesem Morgen aber war alles anders, erzählt die Kramer Anne, weil am Abend zuvor schon alles anders gewesen war, beim Abendessen hat sie zur Schwester gesagt, dann spring halt endlich, dann müssen wir kein schlechtes Gewissen mehr haben, weil du springen wolltest, weil wir ja anscheinend alle dir zu wenig geboten haben auf dieser Scheißwelt, dass du von diesem beschissenen Kirchturm springen wolltest und es wahrscheinlich immer noch willst. Da hat die kleine Schwester, die Daniela heißt, plötzlich gelacht, zuerst ein bisschen vor sich hingegrient, dann gegiggelt wie ein kleines Mädel, als würde es keiner sehen, aber schließlich hat sie richtig gelacht, fröhlich, aber nicht lange fröhlich, weil irgendwann die Bösartigkeit in diesem Lachen überwogen hat, sagt die Kramer Anne, aber sie sieht dabei nicht wütend oder traurig aus, eher neutral. Und als die Kramer Daniela endlich mit dem Lachen fertig war, hat sie gesagt, ihr seids alle so blöd, so saublöd, ich wollte mich doch nie wirklich umbringen, ihr seids so saublöd, das gibt's gar nicht, das gehört schon fast verboten, wie saublöd ihr seids.

Die Frau Kramer hat nichts gesagt, der Herr Kramer hat auch nichts gesagt, und die Kramer Anna sagt, in dem Moment sei sofort allen klar geworden, was schon immer klar gewesen ist, dass es nie und nimmer stimmt, dass die Daniela sich auch umbringen hat wollen, zusammen mit ihren Freundinnen. Weil sie nämlich einfach keinen Grund gehabt hat. Weil, sagt die Kramer Anne, kein Mensch bringt sich ohne Grund um, einfach so, man muss immer einen Grund haben; wenn man keinen Grund findet, dann wird sich auch nicht umgebracht. Es ist so einfach, dass es jeder weiß und jeder wissen kann, und sie seien blind gewesen, sie und die Eltern, und dann hat die Daniela angefangen zu weinen und gesagt, ihr habt es wohl gewollt, dass ich einen Grund gehabt hätte, es hätte euch gefallen, wenn ich mich umgebracht hätte, wenn ich gesprungen wäre, und deshalb hab ich nie etwas gesagt, nur deshalb nicht.
Die Eltern waren so sprachlos über die verwegenen Theorien der Kramer Daniela, dass sie nicht wussten, was sie dazu sagen sollten, und so redete die Daniela den ganzen Abend und die ganze Nacht, bis die Frau Kramer gesagt hat, reden wir morgen weiter, gehen wir ins Bett jetzt, und dann sind alle schlafen gegangen, aber nur, um am nächsten Tag wieder zusammenzusitzen und die Daniela einfach weiterreden

zu lassen. Sogar der Briefträger hat zugehört, weil er seit zwanzig Jahren mit der Frau Kramer seinen Frühstückskaffee trinkt, egal was passiert oder was passiert ist. Gott sei Dank, denn ohne den Briefträger, sagt die Kramer Anne, wäre es noch viel schlimmer zu ertragen gewesen, ohne den Briefträger hätte kein Mensch diese zwanzig Jahre überstanden.

44

Charlie sagt, als sie die nassen Sachen auspackt, fühl dich wie zuhause, im Ernst, ich meine es ernst. Und ich frage mich, warum sie denkt, ich könne denken, dass sie es nicht ernst meint. Sie hat ihre nassen Sachen ausgepackt und sie aufgehängt an eine Wäscheleine, die durch den schlauchähnlichen Flur führt, schon beim Betreten der Wohnung zeigt die Wäscheleine den Weg durch den Flur, und nun hängen die nassen Sachen von Charlie im Flur und daneben hängt sie meine nassen Sachen, die sie aus meinem Plastikbeutel holt, mit geübter Hand ausschüttelt, mit ebenfalls geübter Hand und geübten Fingern an der Wäscheleine befestigt. Ich fühle mich sofort wie zuhause, ich denke nicht darüber nach, warum ich mich wie zuhause fühle, weil ich zu diesem Zeitpunkt noch nicht weiß, dass sich nicht jeder in jeder Wohnung wie zuhause fühlt. Aber auch im Nachhinein erscheint mir alles logisch und richtig zu sein, die nassen Sachen, die Wäscheleine, ihre Schmerzen und dass ich ihre Schwimmlehrerin sein würde, was kann daran falsch sein, wenn man sich zuhause fühlt unter all den nassen Sachen?

Es war Charlies Vorschlag gewesen, du kannst ja einfach hier bleiben, vielleicht könntest du mir Stunden geben, sagte sie und ich sagte: Ja, im Schwimmen. Jemand sollte dir dringend das Schwimmen beibringen, es ist als Nichtschwimmer nicht ungefährlich, sich in einem Schwimmbad aufzuhalten. Sie lacht, dafür gebe es Nichtschwimmerbecken. Wie der Name schon sagt, sagt sie. Trotzdem, sage ich, es wäre besser, nicht immer ist jemand zur Stelle, um einen zu retten, der untergeht.
Sie ist einverstanden. Sie macht Abendbrot, sie fragt mich, ob ich gerne Grießnockerlsuppen esse. Das Wort spricht sie lustig aus, erst jetzt fällt mir auf, dass sie es fast hochdeutsch ausspricht. Es klingt wie eine andere Sprache, aber man versteht sie sofort. Englisch versteht man nicht sofort, man muss die Wörter erst lernen. Dafür aber klingt Englisch nicht fremd. Es wäre besser, denke ich, während ich Charlie zuschaue, wie sie Grießnockerlsuppen zubereitet, wenn man die Sprache eines jeden Menschen sofort verstehen würde und sie einem dennoch fremd bleiben könnte.

Charlie kann das Ei so aufschlagen, dass das Eiweiß von selbst in die Tasse rinnt, das Eigelb bleibt in der Schale. Sie muss nicht trennen, wie die Großmutter, die Großmutter hat das Eiweiß vom Eigelb minutenlang trennen müssen, bis es freiwillig in die Tasse gelaufen ist. Wahrscheinlich hat sie so lange gebraucht, weil es ihr Spaß gemacht hat, das akribische Trennen, mir selbst macht es auch Spaß, ein Ei akribisch zu trennen. Charlie hat vermutlich nicht weiter darüber nachgedacht. Ich bin froh, dass Charlie das Ei nicht trennt, indem sie es hin- und herschüttet, als könne sie sich nicht entscheiden, ich bin froh, dass sie das Eigelb vom Eiweiß so trennt, wie sie es trennt.
Ich bin überhaupt froh, dass sie so ist, wie sie ist. Es ist ein Wunder, wie sie ist, vertraut und fremd und fremd und

vertraut, ich versuche mich innerlich auf eine Reihenfolge festzulegen, es gelingt mir aber nicht. Kaum schiebt sich das fremd vor das vertraut, schiebt sich das vertraut vor das fremd: die noch ein bisschen nassen schwarzen Haare, ihr rundes Gesicht mit den dunklen Augen, ihre Stimme, die klingt, als würde man mit einem Holzlöffel auf Stahl schlagen; wie Holz auf Metall, dumpf und laut, warm und kalt, und distanziert und nah. Was sie sagt, erhält durch ihre Stimme viele Möglichkeiten, die das Gesagte bedeuten könnte. Ich suche mir etwas aus, ich kann mir aussuchen, was ich möchte.

Charlie hat die Nockerln vorbereitet, sie legt sie auf einen Löffel und von da aus behutsam, eins nach dem anderen, in das siedend heiße Wasser. Die Nockerln verlassen den Löffel ohne Eile und ohne Gegenwehr, allenfalls ein wenig schwerfällig und müde, als wären sie den ganzen Tag nicht richtig wach geworden. Sie gehen sofort unter. Wenn sie hart genug sind, werden sie leicht und schwimmen an die Oberfläche. Sie schwimmen umeinander her, es sieht aus wie ein schwieriger Tanz.

Ich werde versuchen, ihr das Schwimmen beizubringen, denke ich, ich denke es eifrig, noch nie zuvor habe ich Eifer in mir gefühlt, ich freue mich über den Eifer, den ich fühle, gleich morgen werden wir mit dem Unterricht beginnen, denke ich, ihr Körper ist wie geschaffen fürs Schwimmen, sie weiß es nur noch nicht. Bestimmt ist sie ein Naturtalent wie die Petra mit ihren Heiligen, sie muss das Wasser nur bezwingen lernen. Sie muss hart mit sich sein, wenn die Angst kommt. Dann kann sie an der Oberfläche schwimmen, wann immer sie Lust dazu hat. Die Nockerln sind fertig, wir essen. Man schmeckt das getrennte Eigelb, es ist noch nicht ganz hart.

45

Fragebogen

Name, Vorname:
Derzeitiger Wohnsitz:
Telefonnummer/ E-Mail bei Rückfragen:
Verwandtschaftliche Beziehung zu dem Patienten:
Wann wurde ein ungewöhnliches Verhalten seitens des Patienten erstmals festgestellt?
Wie äußerte sich dieses?
Wie haben Sie darauf reagiert?
Wie haben andere Familienmitglieder reagiert?
Wie haben Menschen im Umfeld des Patienten reagiert (Nachbarn, Schule, Freunde, etc.)?
Wie würden Sie selbst das Verhalten des Patienten beschreiben?
Halten Sie selbst das Verhalten des Patienten für normabweichend ?
Leiden Sie unter dem Verhalten des Patienten?
Leiden andere unter dem Verhalten des Patienten?
Haben Sie den Eindruck oder wissen Sie, dass der Patient unter seinem eigenen Verhalten leidet?
Hat der Patient sein normabweichendes Verhalten jemals selbst thematisiert? Wenn ja, inwiefern? (ungefährer Wortlaut)

Fragen zu den persönlichen Bedürfnissen des Patienten:
Essgewohnheiten (Lieblingsspeisen, was isst und trinkt der Patient nicht?):
Trinkt der Patient regelmäßig Alkohol?
o ja o nein

Wenn ja:
o täglich 0,5 – 2 Liter Bier/0,3 – 1 Liter Wein
o täglich mehr als 2 Liter Bier/1 Liter Bier und mehr als 0,3 Liter Spirituosen
o selten
o Patient hat Phasen, in denen er viel, und Phasen, in denen er wenig oder nichts trinkt (sog. Quartalstrinken)
Nimmt der Patient Drogen oder Medikamente?
o ja o nein
Wenn ja, welche?
Leidet der Patient an Fress- oder Magersucht?
o ja o nein

Fragen zum Freizeitverhalten des Patienten:
Treibt der Patient regelmäßig Sport?
o ja o nein
Wenn ja, welchen:
Wenn ja, wie oft:
o Täglich 1–2 Stunden
o 1–2 mal die Woche 1–2 Stunden
o seltener
Ist der Patient spielsüchtig, internetsüchtig oder sexsüchtig?
o ja o nein
Wenn ja, inwiefern:
Hat der Patient Hobbys?
o ja o nein
Wenn ja, in welchem Bereich:
o Handwerk/Haushalt
o Kunst/Musik/Literatur
o Gartenarbeit
o Kino/Theater
o Tiere
o anderes:

46

Da ist es plötzlich, auf dem Weg zurück in die Pension, da ist es plötzlich, das Fotoalbum, das ich eines Tages angeschaut habe, an einem Tag, an dem es nicht kalt und nicht warm war, ein ganz normaler Tag, den ich sofort wieder vergessen habe, so wie man die meisten Tage in seinem Leben sofort wieder vergisst, kaum dass man sie hinter sich gebracht hat, und noch bevor ich mich fragen kann, woher diese Erinnerung wie aus dem Nichts in mir auftaucht, stecke ich in dieser Erinnerung drin, als würde ich genau diesen Tag noch einmal erleben, diesen Tag, der eigentlich schon verloren war für mich, lange schon vergessen.
Ich war allein an jenem Tag, was selten vorkam, in so einer kleinen Wohnung ist man selten allein, ich schaltete den Plattenspieler der Eltern ein, er war in der Wohnzimmerschrankwand eingebaut, man musste ein Türl öffnen, den Plattenspieler auf einem Brett aus dem Schrank fahren, eine Platte auflegen. Ich tanzte eine Weile, ich tanzte zur Volksmusik, ich tanzte zu den Schlagern und ich tanzte zur Popmusik, von der ich mir nicht erklären konnte, wie sie in den Musikschrank meiner Eltern gelangt war.

Ich habe lange getanzt, Minuten, Stunden und wieder Minuten, lang genug, um erschöpft zu sein. Ich tanzte so schnell und ich war so erschöpft, dass ich einige Male den Türen der Schränke, den Türgriffen, den Sesseln und dem Sofa gefährlich nahe kam. Dann blieb ich mit meinem Pullover hängen, ich konnte mich noch abfangen, ich war so erschöpft, dass ich hängen geblieben war und der Pullover einen Riss bekommen hatte, ich musste ihn nähen, am besten, dachte ich, nähe ich den Riss gleich, ich bin sowieso

zu erschöpft, um weiterzutanzen, dann kann ich genauso gut nähen.
Die Nähmaschine der Mutter steht in ihrem Nähzimmer, niemand darf an diese Nähmaschine, und das war mir immer ganz recht so gewesen, denn das Nähen an sich machte mir Angst, die Nadel ein Angreifer, es war nicht recht, die Dinge, die sich voneinander trennen wollten, sich auflösen wollten, wieder gewaltsam zusammenzunähen, indem man mit einer schnellen Nadel zustach und zustach und immer wieder zustach.

Die Mutter arbeitete jeden Abend an der Nähmaschine, sie richtete unsere Kleidung und die des Vaters und oft auch die der Nachbarn und die der Großeltern sowieso, sie nähte gerne in ihrem kleinen Nähzimmer, sie fügte gerne zusammen, was nicht mehr zusammengehören wollte, dort war sie alleine mit sich, sie sagte nie, ich will alleine sein, sie sagte stets, ich muss noch arbeiten, ich habe es nicht so schön wie ihr und kann mich auf die faule Haut legen. Noch heute denke ich bei *faul* sofort an *Haut* und bei *Haut* sofort an *Nadel*.
Die Mutter arbeitete, um mit sich alleine zu sein, jeder wusste es, der Vater brummte dazu nur etwas in seinen Bart hinein. Er schaute sie an solchen Abenden nach dem Abendessen nicht einmal mehr an. Die Mutter ertrug es mit einer Würde, die man ihr nicht zugetraut hätte.

Vorsichtshalber suchte ich die Gebrauchsanweisung, ich wollte der Mutter nicht das Nähen verderben, indem ich ihre Nähmaschine kaputtmachte, ich suchte die Gebrauchsanweisung in einem alten Schrank im Nähzimmer, in grauschwarzweißen Leitzordnern, zwischen Rezepten, Schulzeugnissen, einem Arbeitszeugnis der Mutter als Bürogehilfin, zwischen Glückwunschkarten und Gebrauchs-

anweisungen für Bügeleisen, elektrisches Brotmesser und Waschmaschine. Über das Bedienen einer *Krups*-Nähmaschine fand ich nichts, da schaute ich mir lieber Fotoalben an, die Fotoalben der Eltern. Ein einziges Mal sind sie allein in den Urlaub gefahren, ohne uns, aber auch mit uns sind sie nur ein einziges Mal gefahren, als wir sieben Jahre alt waren, in die Schweiz zum Wandern. Ich kann mich kaum daran erinnern, wandern konnte man auch in Berchtesgaden oder im Bayerischen Wald. Warum sollte man in die Schweiz fahren, wenn man überall wandern konnte? Die Eltern haben sich auf einem einzigen Foto an den Händen gehalten, das war im März 1979, die Mutter hatte schon einen dicken Bauch von uns Zwillingen.
Sie standen in unserer Küche und hielten sich an den Händen, als wäre es ihnen ausdrücklich erlaubt worden, richtig fest hielten sie einander, ganz warm müssen ihre Hände davon gewesen sein. Vor ihnen auf dem Küchentisch lagen drei Latzerln, stolz auf dem Tisch ausgebreitet in blau, rot und grün, als hätten die Eltern von vornherein nichts mehr im Sinne gehabt, als auf Sauberkeit und Ordnung beim Essen zu achten, und auf einem stand *Ludwig,* auf dem anderen *Luise* und auf einem dritten stand *Lotti.* Den Küchentisch erkannte ich wieder, wir frühstückten darauf, wir aßen zu Mittag, wir machten Hausaufgaben, wir malten, wir lösten unsere Kreuzworträtsel. Als der Vater eine Gehaltserhöhung bekam, fuhren wir mit den Eltern in ein Möbelhaus und kauften einen neuen Tisch. Er war weiß und glatt und man konnte ihn ausziehen, wenn man einmal Gäste hatte.

An diesen Tag erinnerte ich mich plötzlich wieder, ich hatte diesen Tag einfach vergessen, es war kein wichtiger Tag in meinem Leben gewesen, tanzen, eine Bedienungsanleitung suchen, ein Fotoalbum anschauen. Genäht habe ich dann doch nicht, ich war schläfrig geworden vom Tanzen, ich legte mich auf die Couch in der Stube und schlief, vielleicht eine, vielleicht zwei Stunden, vielleicht bis das Telefon klingelte oder die Eltern nach Hause kamen. Ich weiß es nicht mehr.

An diesen Tag erinnerte ich mich plötzlich wieder, weil die Kramer Anne mich nach Lotti gefragt hatte. Wenn es Lotti überhaupt gegeben hatte, dann war sie nur ein Schriftzug auf einem Latzerl gewesen. Zumindest in meiner Erinnerung, ich fragte mich, ob die Erinnerung meines Bruders eine andere war.

47

Die Eltern sagen nichts dazu und sie werden nichts mehr dazu sagen. Sie bitten mich in die Stube, sie haben Kaffee gekocht und Kuchen gebacken, sie haben drei Stühle an den Tisch herangezogen und ein vierter Stuhl steht am Fenster, mein Vater hat ihn zum Gardinenaufhängen benutzt. Meine Mutter hat die Gardinen gewaschen und mein Vater hat die Gardinen aufgehängt, er hat schön ein Ringerl nach dem anderen in die Schiene eingefädelt, er hat jedem Ringerl einen Schubser gegeben, wie einem Fohlen, dem man auf den Hintern haut, damit es sich in Bewegung setzt. Die Pferdln sind über die Schiene gesprungen, ausgelassen und froh, und jetzt hängt die saubere Gardine vor dem Fenster meiner Eltern, die Pferdln stehen still, sie warten auf ihren Einsatz, wenn es Abend wird, und auf ihren Einsatz, wenn es wieder Morgen wird. Meine Eltern haben einen vierten Teller und eine vierte Tasse, einen vierten Kaffeelöffel und eine vierte Kuchengabel eingedeckt, nur der vierte Stuhl steht vor dem Fenster und schaut hinaus, obwohl man nicht mehr viel sieht, weil es draußen dunkel ist vor Regen und Herbst und Sturm. Es beruhigt mich, dass der vierte Stuhl vor dem Fenster steht, es beruhigt mich auch, dass es ein viertes Gedeck gibt, ich setze mich an den Tisch, trinke Kaffee und esse Kuchen, den die Mutter selbst gebacken und der Vater in den Ofen geschoben hat und nach einer geraumen Zeit wieder aus dem Ofen genommen und auf den Tisch gestellt hat.

Selbstverständlich schauen wir zusammen ein Fotoalbum an, es ist kein Fotoalbum, in dem Bruderherz und ich zu sehen sind, es ist ein Fotoalbum, das die Hochzeit der Eltern dokumentiert. Bruderherz und ich waren noch nicht auf der Welt gewesen, wir waren sogar noch lange nicht auf der Welt gewesen. Die Eltern waren jung, als sie geheiratet haben, und sie waren schon etwas älter, als sie unsere Eltern geworden sind. Es lagen etwa neun Jahre dazwischen. Dann sind wir gekommen, Bruderherz und ich, auch wir sind ins Leben gesprungen, man hat uns nur eins auf den Hintern geben müssen.

48

Ich habe die Kramer Anne gefragt, wegen dem Wenkhaus, ich habe sie dann doch noch gefragt. Als mit dem Bruder so weit alles klar und deutlich war, habe ich sie gefragt, ich muss doch alle wichtigen Sachen wissen, um irgendetwas damit anfangen zu können. Was genau ich damit anfangen soll, weiß ich auch nicht, es ist alles noch in größter Unordnung, es ist keiner mehr da, der aufräumt, mein Bruder Ludwig sitzt ganz und gar aufgeräumt in einem abgeschlossenen Raum, der Ruhe und Geborgenheit ausstrahlt. Der Raum könnte das Gehirn meines Bruders sein, es gibt darin nichts, was stört, alles, was ihn stören könnte, ist hinausgesperrt, denn in Wirklichkeit ist ja nicht mein Bruder eingesperrt, sondern alles, was ihn stören könnte, ist hinausgesperrt worden.

Was war das mit dem Wenkhaus, Anne?, habe ich sie gefragt, ich habe vorher ein paar Gläser von dem Weißwein getrunken, der so leicht aussieht und der sich schwer auf meinen Körper legt, als wolle er irgendeinen Druck ausüben auf mich, und nur diesem Druck ist es zu verdanken, dass ich mich getraut habe, die Anne zu fragen. Was denn mit dem Wenkhaus?, fragt die Anne, und ich sage, als ihr mich in das Wenkhaus gelockt habts, du und die anderen Mädeln, mit dem Gerd damals.
Ach ja, sagt die Kramer Anne, das war echt gemein. Sie hat mich nicht angeschaut, sie hat auf den Fassl Manfred gestarrt, und dann sagt sie: Ich bin eigentlich froh, dass du mich darauf ansprichst. Ich hab dich so gehasst, weil du überall herumerzählt hast, dass wir das Haus verkaufen müssen.
Ich habe das herumerzählt? Dein Vater hat's im Wirtshaus herumgeplärrt, die Katharina war die einzige, die es gewusst hat, und sie hat's dir erzählt und du deinem Vater, und dann haben wir das Haus unter Wert verkaufen müssen, weil alle gewusst haben, dass wir verkaufen müssen.
Deshalb, sagt die Kramer Anne. Ich hab dich gehasst, aber deinen Bruder hab ich immer geliebt, weil dein Bruder immer gewusst hat, was er macht, weil er nie etwas vergessen hat. Das habe ich geliebt.

Ich sage nichts. Der Fassl Manfred wirft uns ab und zu einen besorgten Blick zu, das Wirtshaus ist voll, er hat zu tun, er hätte gar keine Zeit einzugreifen, aber er muss ja gar nicht eingreifen, die Kramer Anne und ich haben uns ausgesprochen, und die Sache, die mich am meisten überrascht, ist die, dass jemand gleichzeitig mich hassen und Bruderherz lieben kann oder auch andersrum, dass jemand mich lieben und Bruderherz hassen könnte, ich habe immer gedacht, es wäre dasselbe, aber das ist es nicht.

Ich küsse die Kramer Anne mitten auf den Mund, sie seufzt und schüttelt sich ein bisschen wie eine Katzenmutter, der das Treteln der Jungen zu viel geworden ist.

Ich habe lange zu ihm gehalten, sagt die Kramer Anne, ich habe ihn wirklich geliebt, ich habe dich auch deshalb gehasst, weil ich ihn so geliebt habe, schon als Kind, schon als wir immer in den Rohbauten rauchen waren, sagt da die Kramer Anne und widerspricht sich doch eigentlich selber, ich hätte sie nicht auf den Mund küssen dürfen, da sie uns nun schon wieder verwechselt.
Ein einziges Küken hat ihn nur überlebt, sagt sie, er hat die Küken umgebracht, ich weiß es, weil er es mir erzählt hat. Wie hat er es gemacht, frage ich, er hat sie aufgegessen, sagt sie, angelockt und dann aufgegessen, er hat sie bei lebendigem Leib gegessen, sagt die Kramer Anne, und ich sage ihr nicht, dass ich das alles schon von Dr. Decker weiß, der mit Vornamen Manfred heißt und der darüber nur die Schultern gezuckt hat, es gibt Schlimmeres als Küken bei lebendigem Leib zu essen, wenn du mich fragst, ist Massentierhaltung deutlich unangenehmer für die Viecher, aber freilich, man sollte es nicht tun, hat er gesagt.
Und das letzte Küken, was ist daraus geworden?, frage ich die Kramer Anne, die nichts von meinem Verhältnis zu

Dr. Decker weiß. Das wurde von einem anderen Insassen adoptiert, einem psychopathischen Frauenmörder, selbst ein psychopathischer Frauenmörder ist besser geeignet, ein Kind aufzuziehen als dein Bruder, sagt sie und die Tränen laufen aus ihren Augen, als wolle sie etwas gutmachen mit den Tränen, die aus den Augen laufen.

49

Wir werden nie erfahren, was passiert ist mit dem Herrn Siebengescheiter, wir werden seine Sprache nicht verstehen lernen, wir werden nicht erfahren, ob jetzt etwas passiert ist oder nach einem bestimmten Ereignis, das wir gar nicht kennen, das es möglicherweise gar nicht gibt oder schon lange vorher nicht mehr gab.
Man tippe auf sehr lange vorher, aber das sei Spekulation, Lebenserfahrung oder einfach nur der Glaube daran, dass etwas passiert sein müsse, dass die wenigsten einfach so eine neue Sprache sprechen und keinen Wert mehr auf Verständigung mit den Ihren legen, die wenigsten würden eine solche Kreativität gewissermaßen aus intrinsischen Motiven an den Tag legen, hat der Arzt gesagt, der Dr. Manfred Decker heißt, und ich habe die medizinischen und auch die psychiatrischen Fremdwörter nicht verstanden, aber dennoch verstanden, was dieser Arzt mir sagen will, denn dieser Arzt sagt auch gerne etwas über sich selbst, über sein Wissen und sein Unwissen zum Beispiel. Es ist derselbe Arzt, der mir zuvor schon verschiedene Briefe geschrieben hat, die ich nur mühsam und zögerlich beantwortet habe, ich konnte sie nicht beantworten, glaubte ich lange Zeit,

bis ich mich in das Nichtantwortenkönnen hineingesteigert habe, wie ich mich in alles hineinsteigere. Dann habe ich ein Foto von Dr. Decker gesehen, im Internet, Charlie hat es mir gezeigt, er hat harmlos ausgesehen, auf eine harmlose Art und Weise freundlich und nachsichtig und aufmunternd.

Dr. Decker sieht auf eine harmlose Weise gut aus, wenn er etwas über sich selbst sagt, denn wer gerne etwas über sich selbst sagt, sieht immer gut aus dabei, das habe ich gelernt, dass man denen, die dabei nicht gut aussehen, keine Selbstauskunft abverlangen darf. Vielleicht ist Bruderherz schon immer das leuchtende Vorbild für diese Erkenntnis gewesen, denn er sieht ja immer gut aus und er wird immer gut aussehen, er ist immer mit sich selbst im Reinen, und da er grundsätzlich keine Selbstauskunft gibt, kann er dabei auch nicht schlecht aussehen.
Bruderherz wird aber nie wieder gut aussehen, das werde ich lernen müssen, hat Dr. Decker mir gesagt, er hat es mir in anderen Worten gesagt, denn das wäre ja noch schöner, wenn jeder Arzt sich eine solche Indiskretion leisten könnte, bei diesem Arzt bin ich mir nicht sicher, ob er zu solcher Indiskretion fähig wäre. Was er mir gesagt hat, ist Folgendes: Ihr Bruder, den Sie Bruderherz nennen, der sich ja selbst auch Bruderherz nennt, lebt in seiner eigenen Welt. Lange Zeit hat er den Schlüssel zu dieser Welt selbst besessen. Wann immer er wollte, konnte er sich zurückziehen, warum auch immer er das wollte, vielleicht auch brauchte, wir werden es wohl nicht mehr erfahren. Aber er hat diese Welt jederzeit wieder verlassen können. Nur hat er irgendwann den Schlüssel verloren. Die Wahrscheinlichkeit, ihn wieder zu finden, ist in meinen Augen gering, da wir nicht wissen, wann dies war und unter welchen Umständen. Machen Sie sich also keine Hoffnungen, dass

er diese Welt, in der er sich befindet, jemals wieder verlassen kann. Machen Sie sich also keine Hoffnungen, bitte, fügte der Arzt schnell hinzu. Der Unterschied zwischen dem Satz mit *bitte* und dem Satz ohne *bitte* leuchtete mir ein.

Ich habe alles verstanden, was der Arzt mir erklärt hat, auch wenn er das ein oder andere Fremdwort benutzt hat, das ich nicht kenne. Wenn Bruderherz den Schlüssel verloren hat, werde auch ich keinen Zugang mehr zu dieser Welt haben. Es ist nicht nur die Welt von Bruderherz, aus der er nicht mehr herauskommt, es ist auch meine Welt, in die ich nicht mehr hineinkann. Es gibt nur einen Schlüssel und es gab nur einen Schlüssel, es wird keinen Zweitschlüssel geben. Bruderherz hat diesen einen Schlüssel an sich genommen, als er damals verschwunden ist. Er hat ihn mitgenommen und ich konnte nichts dagegen tun. Er hat ihn verloren und auch dagegen konnte ich nichts tun. Meistens soll man etwas tun. Manchmal aber ist es besser, stillzuhalten und zu warten, bis die Dinge sich von selbst erschließen.

Als ich von Kollbach weggegangen bin, war es der 5-Uhr-50-Bus, der mich mitgenommen hat, auch ohne gültiges Busticket und ohne Schlüssel, mit nur einer Reisetasche, die mir die Eltern einmal geschenkt haben, sie haben sie in einem Preisausschreiben gewonnen.

Was damals keiner wusste: Es existierte kein Schlüssel mehr, um einen Zugang zu Bruderherz zu finden, um einen Ausgang aus Bruderherz zu finden. Hätte ich es gewusst, wäre ich gar nicht weggegangen. Doch es ist dann anders gekommen. Der Arzt fragt mich, ob ich mit ihm essen gehe, in Kollbach, beim Fasslwirt, wenn Sie einverstanden sind.

50

Am Schluss habe ich die Eltern doch gefragt, wie das alles passiert ist, und warum, und was denn eigentlich. Sie sagen lange nichts, sie schweigen auch nicht, es ist nicht schweigen, denn schweigen kann man in so einem Zusammenhang gar nicht, und sagen kann man auch nichts, wenn man nie etwas gesagt hat, kann man nicht von einer Sekunde auf die andere anfangen zu reden. Sie sagen nichts, und dann sagen sie ein paar Sachen in einer mir unbekannten Sprache. Es ist Indonesisch. Es ist das Indonesisch, das mein Bruder Ludwig ihnen überlassen hat, damit es eine Sprache gibt, in der sie nicht schweigen müssen.

51

Er hat es getan, er hat es wieder getan. Natürlich habe ich immer gewusst, dass er es gewesen ist, wer sollte es sonst gewesen sein?
Die Eltern haben gedacht, dass es sich rauswächst. Es hat sich nicht herausgewachsen, es hat sich noch viel mehr hineingewachsen in ihn, als sie gedacht hätten. Diesmal waren es die Entenküken in der Geschlossenen Abteilung, er hatte extra um die Einweisung in die Geschlossene Abteilung gebeten, mit dem Hinweis, er sei gefährlich, aber schon nach einiger Zeit war es egal, ob er darum gebeten hatte oder nicht, wenn du einmal da bist, ist es so, als sei es dein angestammter Platz, du gehörst dann einfach

dorthin, ich bin da, wo ich hingehöre, hat Bruderherz geschrieben, er hat es auf ein schmuddeliges T-Shirt geschrieben, das er immer unter der Kleidung trug, irgendwann wollte man es waschen, weil er stank, weil Bruderherz stank, weil es aus seiner Zelle stank und in dem Flur stank, in dem sich seine Zelle befand, und möglicherweise stank es auch in der ganzen Anstalt, vielleicht war es gar nicht das T-Shirt.

Er hatte auf das T-Shirt, das einmal weiß gewesen war, in kleiner Schrift Sätze geschrieben, manche gaben einen Sinn, manche keinen, wobei nicht klar wurde, ob es am T-Shirt lag, dass man die Schrift und den Sinn nicht mehr entziffern konnte, oder ob es an dem Geschriebenen als an dem Gedachten lag, an dem, was der Gefangene gedacht und dann geschrieben hatte oder während des Schreibens denkend aufgeschrieben hatte.

Es ist ja auch egal, er mochte die Küken, er war vernarrt in sie, denn sie waren unschuldig, sie wussten nichts von der Welt, sie wussten nur das, was sie wissen mussten, um sich von A nach B zu bewegen und dabei nicht zu verhungern, er fragte Dr. Manfred Decker, ob er sich um diese Wesen kümmern durfte, doch Dr. Decker sagte, die Entenmutter würde sich um die Jungen kümmern. Am Abend dann verschwand die Entenmutter, man hat sie nicht mehr gesehen. Und obwohl Dr. Decker dieser Zusammenhang nicht entgangen war, so konnte er sich doch nicht vorstellen, dass Bruderherz etwas mit dem Verschwinden der Entenmutter zu tun hatte.
Man habe es schließlich als therapeutische Maßnahme betrachtet, dass der Patient sich um ein Wesen oder auch um mehrere Wesen kümmern konnte, denn schließlich habe er sich ja Zeit seines Lebens auch um mich, die Zwillings-

schwester, gekümmert, schrieb Dr. Decker, und auch mir sei ja nie etwas geschehen, das habe der Patient glaubhaft versichert, leider hätte ich ja nicht geantwortet auf sein Schreiben und auf den Fragebogen.
Im Übrigen, schrieb Dr. Decker, sei es logistisch unmöglich gewesen, dass Ihr Bruder, schrieb Dr. Decker, dass Ihr Bruder mit dem Verschwinden der Entenmutter zu tun gehabt haben könne, denn er sei den ganzen Tag über in seiner Zelle gesessen, die verschlossen gewesen sei, und auch vor dem Fenster befinde sich ein engmaschiges Gitter, durch welches weder ein Küken geschweige denn eine ausgewachsene Ente passen würde, man habe auch weder Blut noch Federn noch sonst irgendetwas gefunden in seiner Zelle und auch am Fenster nicht, man konnte also nicht annehmen, dass er irgendetwas damit zu tun haben konnte.
Man konnte sich aber auch nicht erklären, was mit der Entenmutter und später mit den einzelnen Küken passiert sei, die mein Bruder nur unter Aufsicht füttern durfte, man habe die Zellen aller Insassen durchsucht, und das gründlich und an allererster Stelle die des Bruders, da man seine Vorgeschichte ja kannte, eine Entenmutter verschwinde andererseits nicht einfach so, schrieb Dr. Decker, vor allem nicht, wenn sie Junge habe, das sei untypisch, vollkommen atypisch.

Natürlich wusste ich sofort, wie er es gemacht hatte, natürlich weiß keiner in der Abteilung, in keiner Abteilung weiß das einer, dass alle Tiere ihn lieben und sich sofort an ihn heranschmeißen, kaum dass sie ihn gesehen und gerochen haben, und da kein Mensch in solchen dreckigen T-Shirts herumläuft, weiß keiner, welche Wirkung der Eigengeruch auf die Tiere hat, möglicherweise hat er das T-Shirt schon viel früher mit irgendetwas eingerieben, von dem er wusste, dass es Enten mögen, er ist ja nicht blöd, mein Bruderherz, er war schon immer so wahnsinnig schlau, er hat viel gelesen, als Kind schon hat er alles gelesen über Tiere und ihre Gewohnheiten, er hat als Jugendlicher Fachbücher gelesen, eines nach dem anderen hat er gelesen und dann fein säuberlich auf seinen Stapel gelegt, so lange die Frist verlängert, bis er alles, was ihn interessierte, gelesen hatte, er weiß also alles über Tiere oder vielleicht auch nur über Katzen und Enten. Er hat die Ente gelockt, mit was auch immer.

Wahrscheinlich hat er sie bei lebendigem Leib einfach aufgegessen, die Kehle durchgebissen, die Stimmbänder, damit sie nicht mehr schreien konnte. Oder er hat sie betäubt, durch das Netz hindurch getötet, Teile aus ihr herausgeschnitten und sie verbrannt, ins Klo gespült, gegessen, keine Ahnung, ich war nicht dabei, ich war in Sicherheit, er war in Abgeschlossenheit, ich in Sicherheit in Regensburg, wo ich ihn suchte, aber nur aus dem Grund suchte, um ihn nicht zu finden. Von den Entenküken will ich gar nicht reden, die waren nur die Zugabe. Nur ein einziges Küken hat überlebt.

Ich konnte Charlie meinen Bruder einfach nicht zumuten. Sie würde sich um mich noch mehr Sorgen machen, als sie es sowieso schon tat. Dabei war sie selbst es doch eigentlich gewesen, um die sie sich hätte Sorgen machen müssen. Aber ohne diesen Brief wäre Charlie nicht ertrunken. Dieser Brief hat etwas ausgelöst, allein das Öffnen dieses Briefes hat etwas ausgelöst, das in der Welt war, obwohl sie diesen Brief nie zu Gesicht bekommen hat. Denn unmittelbar nachdem ich ihn gelesen habe, habe ich ihn aufgegessen. Nur den Fragebogen habe ich ihr gezeigt.

52

Als ich in der Stadt angekommen war, habe ich sofort gesehen, dass meine Vorstellungen von der Stadt und davon, wie ich meine Mission in dieser Stadt durchführen könnte, vollkommen falsch waren, ich musste mir sogar eingestehen, dass ich noch nicht einmal Vorstellungen gehabt hatte. Nur eine vage Idee davon, dass ich Leute, die in dieser Stadt wohnten, einfach nach Bruderherz fragen würde. Bruderherz ist ja eine besondere Erscheinung, habe ich immer gedacht, mit seinem langen, schlaksigen Körper, mit seinen schulterlangen braunen Locken, mit seinen wulstigen Lippen, die von dieser fast waagrecht liegenden Narbe unterbrochen sind, wofür er sich schämte und weswegen er den Mund gerne entgegen der Narbenrichtung verzog, weil er dachte, das würde die Narbe ungesehener machen; doch er sah dadurch komisch aus, vor allem während er sprach oder lachte, und oft habe ich mir gewünscht, er würde wieder auf die Art und Weise sprechen, in der er immer gesprochen hat, bis wir zwölf waren, bis zu dem Tag, als Onkel Theo am Ostermontag das Thema auf Bruderherz' Lippen brachte, ob man da nichts operativ machen könne, und der Vater antwortete, er habe sich natürlich darüber Gedanken gemacht, allein das Geld fehle, selbstverständlich würde man, würde das Geld nicht fehlen, sofort etwas gegen diese Katastrophe unternehmen. Dabei hatte es vorher noch nie jemanden gestört, diese Narbe an der Lippe meines Bruders, und noch nie hatten die Eltern sie als Katastrophe bezeichnet, und selbst mir war sofort klar, dass der Vater darauf hoffte, dass Onkel Theo ihm das Geld für die Operation gebe, was dieser auch tat.
Wir haben aber nie erfahren, was mit dem Geld passiert ist, Bruderherz' Lippen blieben jedenfalls, wie sie waren, nur

dass Bruderherz von dem Tag an begann, anders zu sprechen, er zog den Mund beim Sprechen nach links, während die Narbe von links unten nach rechts oben verlief.

Ich hatte mir vorgestellt, dass mein Bruder sofort in der Stadt aufgefallen war, dass ihn in kürzester Zeit jeder und jede kannte, so wie ihn in Kollbach und Dirnaich, in Fleischöd, Kainzub, Pirka, Schneewinkel, Watzenberg und Scharlach jeder kannte, aber schon nach einer Woche konnte ich mir nicht mehr erklären, wie ich auf diese Idee jemals hatte kommen können, in einer Stadt würde jemand wie mein Bruder, und sei er auch noch so besonders, irgendwie auffallen.
Es ist eine schöne Stadt, dieses Regensburg, schön und kühl, die Stadt verhielt sich mir gegenüber wie die Kramer Anne sich mir gegenüber verhalten hatte, sie ließ sich von mir bewundern, ohne sich mir zu offenbaren, und ich zweifelte keine Sekunde daran, dass auch sie mich an einen Cousin namens Gerd verraten und verspotten würde, wann immer ihr danach wäre. Ich war auf der Hut. Sie gab den Bruder nicht her, sie gab nichts über ihn heraus, sie wusste etwas, diese Stadt, aber sie sagte nichts. Und keiner der Menschen, die ich auf den Straßen tagtäglich sah, keiner gab sich zu erkennen als einer, der meinen Bruder gekannt hatte und mir etwas über ihn hätte sagen können.

Ich fragte den Pensionswirt nach einem Schwimmbad. Es ist um die Ecke, sagte er. Ich fand das Schwimmbad, noch bevor ich damit rechnete, fand ich es schon, betrat den Kassenraum, ich zahlte den Eintritt, der mir sehr hoch erschien, schaute durch die Glasfront auf das Becken, war überrascht zu sehen, dass viele Menschen nicht ohne Badekappe das Wasser betraten, obwohl es schon lange keine Pflicht mehr war. Ein Schwimmbad ohne Badekappenpflicht, natürlich, ein modernes Schwimmbad, wie alle Schwimmbäder modern sind, es sind ja die Badekappen, die für den Haarausfall im Schwimmbad verantwortlich sind, weil sich mit dem Abnehmen der Badekappe auch die Haare, die am Plastik festkleben, lösen, im Wasser umherschwimmen und dadurch die Abflüsse verstopfen.

Ich duschte, setzte trotz des Abflussproblems meine Badekappe auf, sprang ins Wasser. Ich streckte mich im Wasser aus, ich schob es weg, ich schmiegte mich an, ich gab mich hin, ich flüchtete. Ich sagte mir, mehr könne ich nicht machen als zu schwimmen und das Wasser um mich herum zu haben, welches das Spiel immer irgendwie mitmacht, ohne dass man je weiß warum. Es ist ja auch egal, warum das Wasser es mit sich machen lässt. Nach einer Weile ging es mir besser, ich legte mich auf den Rücken und beobachtete die Decke des Hallenbades, die missmutig auf das Wasser und die Schwimmer herunterblickte, aus sicherer Entfernung missmutig, als hielte sie es nicht mehr lange aus und wollte sich schon bald in ihre Bestandteile auflösen, ich streckte meine Arme abwechselnd nach hinten aus, ließ meine Arme ins Wasser fallen, das Wasser wiegte mich, gleichgültig, lethargisch, wie ich es mochte. Und da stieß ich schon auf Charlie.
Ich drehte mich auf den Bauch und sah diesen Körper untergehen, einen großen Körper mit vielen schwarzen Haaren, die das Wasser einzeln in alle Richtungen verteilte, als träumte jedes Haar seinen eigenen Traum, so sehr, dass der Traum das Wasser schwärzte. Doch blieb keine Zeit, um den Haaren zuzusehen, ich tauchte dem sinkenden Körper hinterher, bekam ihn unter den Achseln zu fassen, umklammerte ihn und zog ihn langsam hoch, das Wasser hatte nichts dagegen, es war gar nicht schwer, die Lebensrettung war sehr einfach.

Ich war überrascht, wie entgegenkommend der Körper war, wie einfach es war, ihn zu retten, ich hatte es mir schwerer vorgestellt, einen Körper zu retten. Erst als wir auftauchten, wurde der Körper schwer, aber da waren schon andere Hände da, der Bademeister und ein Mann mit riesigen Händen, sie streckten die Hände nach dem Körper mit den langen schwarzen Haaren aus, die auf der mehlweißen Haut klebten, die Hände zogen den Körper aus dem Wasser. Sie reichten auch mir die Hände, aber ich war noch kräftig genug, um mich alleine auf den Beckenrand zu hieven.

Sie war eine kräftige Frau, schwer und groß und bewusstlos lag sie auf den Schwimmbadfliesen, und einer der Männer drückte seinen Mund auf den Mund der Frau, es sah aus, als würde er ihr einen groben Kuss aufdrängen, mehrere sehr grobe, sehr intensive Küsse, es sah alles nach einer sehr großen Kraftanstrengung aus, und schon bewegte sich der Körper und zappelte unruhig hin und her, bis die Männer ihn stützten und die Frau einen großen Schwall Wasser erbrach, eine Weile hustete und röchelte, rot wurde, die Augen aufschlug. Und dann die Männer etwas unwirsch beiseiteschob. Ihr Blick fiel auf mich, ich lächelte sie an und sie lächelte mich ebenfalls an, als wäre gar nicht sie es gewesen, die da beinahe ertrunken wäre. Ihre langen schwarzen Haare klebten wie Algen an ihrem Körper, Algen, die schläfrig waren, die den ganzen Tag nicht richtig wach geworden waren.
Sie hustete noch ein paar Mal, dann stand sie auf, sie stand erstaunlich flink und gelenkig auf, indem sie ihre Beine überkreuzte und sich mit den Händen von den Fliesen abstieß, ich stand ebenfalls auf, und wir gingen zusammen in die Umkleideräume, ich hatte die Nummer 29 und sie hatte seltsamerweise den Spind neben mir, die Nummer 31, wir kleideten uns schweigend an, verließen das Schwimm-

bad gemeinsam, blieben vor der Schwimmbadausgangstür stehen, und sie fragte mich, ob sie etwas für uns kochen solle.

53

Ich laufe durch die Stadt, ich durchsuche die Stadt nach Bruderherz, von dem ich weiß, dass er in Kollbach ist, dass er unser altes Zimmer, das mein altes Zimmer war, bezogen hat, dass er wieder bei meinen Eltern eingezogen ist, kaum dass ich Kollbach mit dem 5-Uhr-50-Bus verlassen habe. Er ist, so hat es mir die Kramer Anne an meine Adresse in Bulgarien geschrieben, er ist eine Woche später aus dem Hotel Häusler ausgezogen, er ist mit seinem Koffer über die Fußmatte gestiegen, auf der *Welcome* steht, zurück ins Elternhaus gegangen, er hat dem internationalen Publikum im Hotel Häusler den Rücken gekehrt, obwohl Herr Häusler ihn zum Bleiben zu überreden versucht hat. Das Zimmermädchen, das gegenüber vom Dirnaicher Kirchturm wohnt, hat den Nebenjob bei den Häuslers vorübergehend aufgeben müssen, weil Bruderherz der einzige Gast gewesen war, dessen Fremdenzimmer das einzige war, das geputzt und aufgeräumt und beobachtet werden musste.

Dein Bruder, hat die Kramer Anne geschrieben, ist in euer altes Zimmer gezogen, er hat die abstrakte Kunst hängen lassen, er hat die Bilder und Rahmen, die du für ihn beim Brunner gekauft hast, hängen lassen, die Mutter habe ihr, der Kramer Anne, erzählt, dass abstrakte Kunst überhaupt das einzige sei, was er ertragen könne in seiner Umgebung.

Die Mutter habe nach meiner Adresse in Bulgarien gefragt, schreibt die Kramer Anne, sie solle mir auftragen, dass ich den Eltern und dem Bruder schreiben solle, sie hatten sich ein paar Mal im Edeka in Reisbach getroffen, weil es ja den Tante-Emma-Laden oder vielmehr den Tante-Leni-Laden schon lange nicht mehr gibt in Kollbach. Die Straßen in Kollbach sind wie ausgestorben seit einiger Zeit, schreibt sie, vielleicht sind sie schon immer wie ausgestorben, aber es ist ihr nie aufgefallen, erst jetzt ist es ihr aufgefallen, seit sie meine Mutter manchmal im Edeka in Reisbach trifft, aber nie auf der Straße in Kollbach, auch meinen Bruder sieht sie nie, schreibt sie, und meinen Vater erst recht nicht, und ich denke an meinen Vater, wie er mit seinen blauen Augen in der Küche auf seinem Stuhl vor dem Fenster sitzt und manchmal einen Kuchen in den Ofen schiebt.

Ich habe der Anne ein paar Mal zurückgeschrieben, sie solle sich wenn möglich um den Bruder kümmern, sie solle herausfinden, wo er sich aufgehalten habe, in Regensburg, in Landshut, in Ingolstadt, anderswo, und wenn sie etwas herausgefunden habe, solle sie es mir bitte sofort mitteilen, aber schon während ich es schrieb, spürte ich, wie wenig ernst es mir damit war, wie hoffnungslos und sinnlos die Idee war, es könne sich irgendetwas ändern, wenn ich über Bruderherz voll und ganz Bescheid wisse, denn von Anfang an galt meine ganze Aufmerksamkeit der Frau, die ich vorm Ertrinken gerettet hatte, Charlie, die sich von mir hatte retten lassen und für deren künftige Rettung ich noch viel tun konnte, konnte ich doch schon nichts für meine eigene Rettung oder für die von Bruderherz tun.

Schnell habe ich den Bruder fallen gelassen, schnell hat er mich nicht mehr interessiert, obwohl doch jahrelang nur er mich interessiert hatte, ich habe ihn vergessen, kaum dass

ich aus seinen Augen verschwunden war, so wie wir Lotti vergessen haben, kaum dass wir ihren Körper nicht mehr spürten, ihre Beine und Arme uns nicht mehr streiften, wir ihre Aufregung nicht mehr spürten, jetzt beginnt mein Leben, jetzt – genauso schnell habe ich Bruderherz vergessen und fallen gelassen, so schnell, wie der Kleinbus, in welchem Charlies Familie gesessen war, um auf die Maidult zu fahren, in der Donau untergegangen ist. Und genauso schnell werde ich möglicherweise auch Charlie vergessen, sollte ich aus ihrem Gesichtsfeld geraten, weil sie ihre Augen schließt und mich nicht mehr sehen kann.
Denn letztlich habe ich keinen gerettet, weder Bruderherz noch Charlie, im Gegenteil, wahrscheinlich habe ich sogar dazu beigetragen, dass beide schneller untergegangen sind, als es ohne meine Existenz geschehen wäre. Denn in Wahrheit kann man ja gar keinen Menschen retten, man kann ja noch nicht einmal sich selber retten.

Ich hatte Charlie bei unserer ersten Begegnung vor dem Ertrinken gerettet, ich hatte durch das Gewirr ihrer fliehenden schwarzen Haare hindurch nach ihren Schultern gegriffen, ich hatte sie unter den Achseln zu fassen bekommen und sie an die Wasseroberfläche gezogen, ohne den leisesten Widerstand, doch wäre ich nicht gegen sie geprallt an jenem Tag im Regensburger Hallenbad, so wäre sie untergegangen, vollkommen lautlos untergegangen und vollkommen lautlos auf den Grund gesunken. Oder es wäre ein anderer gewesen, der sie gerettet hätte, einer, der allein auf der Welt war, einer ohne Zwilling und einer ohne Drilling.
Du musst schwimmen lernen, habe ich zu ihr gesagt, und schon am nächsten Tag gingen wir wieder ins Schwimmbad und sie nahm ihre erste Schwimmstunde bei mir, ihre erste von vielen noch folgenden Schwimmstunden. Als

ich merkte, dass Charlie das Schwimmen nicht wie andere Menschen einfach lernen konnte, kaufte ich eine rote Bademütze für sie, ich kaufte sie von dem Geld, das sie mir für den Schwimmunterricht bezahlte. Es war eine große rote Badekappe aus Silikon, eine *Smart Cap* für Menschen mit langen Haaren, auf der Verpackung war ein Mann mit Dreadlocks abgebildet, unter der Kappe konnte Charlie nun mühelos ihr Haar unterbringen, vielleicht sind es deine Haare, die dich am Schwimmen hindern, sagte ich, sie lachte, und von da an zog sie ihre Bademütze auf, bevor sie in das Becken glitt.

54

Der Arzt, welcher Dr. Manfred Decker heißt, hat mir ein paar Monate nach dem ersten Brief noch einmal geschrieben, ich habe diesmal länger gebraucht, um den Brief zu öffnen, es war ein dicker Brief, der nichts Gutes verhieß, so viel war sicher. Ich hatte auf den ersten Brief nicht geantwortet, ich hätte einen Fragebogen ausfüllen müssen, den ich nicht ausfüllen wollte, das heißt, ich wollte schon, aber es ging nicht. Eine unsichtbare Hand schien mich davon abzuhalten, irgendetwas schob mich weg, kaum näherte ich mich dem Brief und der Ablage, auf dem der Brief samt Fragebogen sich befand.
Schon als der Brief ankam, war mir klar, dass ich nicht nur den Brief lesen, sondern dass ich auch den Fragebogen ausfüllen müssen würde, deshalb verschob ich es um weitere Tage, bis Charlie eines Tages sagte, wenn ich den Brief nicht öffnen und lesen würde, würde sie es für mich tun.

Auf gar keinen Fall wollte ich, dass Charlie etwas über meine Familie und vor allem über Bruderherz und mich in Erfahrung bringen konnte, nicht weil ich ihr nicht vertraute, sondern weil ich nicht wusste, wie ich ihr irgendetwas erklären konnte, da ich selbst nichts wusste und da mir das, was es da zu wissen gab, selbst nicht klar war. Es gab auch kein Gefühl, das zu diesem Wissen gepasst hat, es blieb mir nichts anderes übrig, als den Brief zu lesen.

55

Es war kein besonderer Tag gewesen, kein Tag, an dem sich etwas angekündigt hätte. Ich frage mich sowieso schon lange, wieso die Dinge sich nicht ankündigen, manchmal behauptet man im Nachhinein, die Dinge hätten sich angekündigt, aber das ist ein Irrtum, und man weiß ja, dass es diesen Irrtum gibt, man weiß es jede Minute, jede Stunde.

Es war ein Mittwoch, wir sind immer an den Mittwochen schwimmen gegangen. Der Mittwoch ist immer unser Tag gewesen, und Zeit meines Lebens werde ich an jedem Mittwoch an Charlie denken müssen, ob ich will oder nicht. Wenn ich sage, dass sich für mich nichts angekündigt hat, heißt das nicht, dass sich auch für Charlie nichts angekündigt hatte, ich wüsste es natürlich gerne, ob für sie etwas anders war an jenem Tag, an dem ich wie immer mittwochs versucht habe, ihr das Schwimmen beizubringen.

Wenn wir den Kassenraum betraten, mussten die ersten Angestellten der Badeanstalt bereits kichern, sie unter-

drückten das Kichern, nichts ist schlimmer als unterdrücktes Kichern.
Bei jedem Betreten des Schwimmbades musste ich an die Bibliothekshelferin in Kollbach denken, und an ihre Mutter, die letztendlich an Malaria gestorben ist, noch bevor sie an ihren Arbeitsplatz in der Diözesanbibliothek zurückkehren konnte. Es kam mir vor, als hätte ich stellvertretend für die Mutter einen Platz in Regensburg angetreten, nur nicht in der Diözesanbibliothek, sondern im Schwimmbad, als Privatlehrerin von Charlie, die das Schwimmen nicht lernte. Dabei habe ich bisher noch jedem das Schwimmen beigebracht, und nicht nur das Schwimmen, um nicht unterzugehen, sondern auch das Kraulen, das Brustschwimmen, das Schmetterlingsschwimmen, das Rückenschwimmen. Es ist für mich einfach, anderen Menschen das Schwimmen beizubringen.
Woher ich diese Fähigkeit habe, weiß ich nicht, ich nehme an, dass einfach jeder Mensch irgendetwas können muss, und bei mir ist es das. Bei Charlie war es etwas anderes, sie hat es nie herausgefunden. Noch bevor sie es herausfinden konnte, war sie schon untergegangen, ohne dass es irgendein Mensch gemerkt hätte, weder andere Badegäste noch der Bademeister.

Der einzige Mensch, der es bemerkt hätte, wäre ich gewesen, natürlich, doch ausgerechnet in der kurzen Zeitspanne, in der Charlie sich für ein paar Sekunden lang vorstellen konnte, schwimmen zu können, war ich auf der Toilette, ich hatte an diesem Tag Bauchschmerzen, ich hatte schon den ganzen Tag Bauchschmerzen gehabt, weil ich wusste, dass ich eines Tages wieder zurückgehen würde nach Kollbach, zu Ludwig, meinem Bruder, um zu sehen, was mit ihm eigentlich nicht stimmte, was mit mir eigentlich nicht stimmte, und weil ich wusste, dass dieser Tag nicht irgendein Tag in ferner Zukunft, sondern wahrscheinlich ein Tag in naher Zukunft sein würde. Ich versuchte den Gedanken an diesen Tag in naher Zukunft zu vergessen, versuchte mir vorzustellen, wie es wäre, keine Bauchschmerzen mehr zu haben. Und ausgerechnet in jenem Moment, in dem ich meine Bauchschmerzen los wurde, muss Charlie ertrunken sein.

Es war ein Mittwochnachmittag, gegen 17 Uhr, als ich von der Schwimmbadtoilette in die Schwimmhalle zurückkehrte. Es hatte sich nichts verändert. Das türkisfarbene 25-Meter-Becken verschluckte den Lärm, den schwimmende Menschen verursachen, wenn sie ihre Arme und Beine ins Wasser graben, verschluckte den Atem, verschluckte das Keuchen, das Rotzen, das Rülpsen, verschluckte selbst Gespräche, die am Beckenrand geführt wurden, und gleichzeitig verstärkte der Raum jeden Laut, jeden Ton, der sich im Schwimmbad abspielte, als ob es eine spezielle Zeitlupe für Geräusche gäbe, die jedes Geräusch langsamer und tiefer machte, die jeden Laut verzerrte und veränderte, die den Schwimmbadton hohler und dumpfer und lauter und leiser machte. Das war der Grund, warum keiner hören konnte, dass Charlie ertrank, weil das Schwimmbad, das Wasser und der Raum nicht nur die Lebensgeräusche verschluckten, sondern auch die Sterbensgeräusche verschluckten, weil sich die Sterbensgeräusche in den anderen Geräuschen auflösten, so dass jedes Geräusch dasselbe Geräusch war, so dass es nur noch ein einziges Geräusch gab, dem alle anderen Geräusch untergeordnet waren. Es ist das Schwimmbadgeräusch, das Atem und Nichtatem geräuschlos werden lässt. Vielleicht wäre Charlie zu retten gewesen, wenn das Schreien und Weinen und Lachen der Kinder nicht gewesen wäre, obwohl sie nichts dafür können, obwohl sie ja nichts tun außer existieren.

Man muss schwimmen können, wenn man ein Schwimmbad betritt, ich habe versucht, es Charlie beizubringen, doch ich konnte ihr von Anfang nichts beibringen. Von Anfang an ging es nur um die nassen Sachen, die Charlie in ihrem schlauchartigen Flur an der Wäscheleine aufhängte, meine nassen Sachen und ihre eigenen nassen Sachen.

Als ich an jenem Mittwochnachmittag nach 17 Uhr Charlies rote Bademütze im Nichtschwimmerbecken nicht sehen konnte, sie nicht an ihrem üblichen Platz am Beckenrand war, wo sie sich jeden Mittwoch nach vielen erfolglosen Schwimmversuchen ins Wasser legte, als sei das Wasser eine Wiese, die Arme am Beckenrand in der Wasserrinne eingehängt, die Beine waagrecht ins Wasser weit von sich gestreckt, den Kopf zurückgelegt, als lausche sie mit geschlossenen Augen den schwimmenden Bienen und Hummeln und Vögeln, als sie nach ihren erfolglosen Schwimmversuchen dieses eine Mal nicht auf ihrer Wiese lag, da habe ich sofort gewusst, dass etwas passiert war, ja, es ist seltsam, dass ich es sofort gewusst habe. Denn es war an jenem Mittwoch das erste Mal gewesen, dass Charlie tatsächlich drei Schwimmzüge hintereinander geschafft hatte.

56

Nicht auszudenken, was passiert wäre, wäre Bruderherz auf dem Flussweg die Donau hinuntergefahren, durch Österreich, die Slowakei, Ungarn, Kroatien, in Serbien durch das Eiserne Tor nach Rumänien, und dort, so lange es geht, die Grenze zu Bulgarien entlang, die Donau liebt diese

Grenze, sie lotet sie aus, bis zum Äußersten, sie schaut sich jeden Zentimeter dieser Grenze an, berührt jede Faser dieser Grenze mit ihrer Wasserkeit, bevor sie sich Moldawien zuwendet, noch in Gedanken bei Bulgarien und Rumänien und dem Unterschied zwischen den beiden, ein wenig erschöpft und wie geistesabwesend nimmt sie sich das letzte Stückchen Moldawien, das letzte Stückchen Ukraine vor. Und erst wenn die Donau mit einem entspannten Gähnen die Ukraine überwunden hat, fließt sie wieder munter und voll durch Rumänien und freut sich auf ihren Sprung ins Schwarze Meer.

Was für eine Qual dieses Hin und Her für Bruderherz gewesen wäre, dieses Auf und Ab, dieses geheimnisvolle Wechseln von Ländern und Landschaften und Stimmungen – und von Namen, mal heißt sie *Donau,* und dann *Dunaj,* dann nur noch *Duna,* dann *Dunav,* dann *Dunărea,* wieder *Dunav* und wieder *Dunaj* und schlussendlich fließt sie, endgültig zurückverwandelt in *Dunărea,* in das *Tschorne more.* Das Wort *Donau* haben die Kelten gefunden, wie sie auch die Kollbach gefunden haben, genauso wie das Schwarze Meer, das nicht zu übersehen war. Denn das Schwarze Meer ist das Ende eines Kontinents, ein gelungenes Ende oder auch ein nicht gelungenes Ende, auf jeden Fall ein Ende, genauso wie die Kollbach für Kollbach eine Grenze ist, die man nicht übersehen kann, denn alles, was in Kollbach schwarz ist, fließt in den Fluss, und alles, was durch die Kollbach hindurch schwarz ist, wird sogleich sichtbar für uns, die wir dort leben.
Auch die Wörter für die Kollbach haben die Kelten gefunden, denn *chail* ist *schwarz* und *bacha* ist *der kleine Fluss, don* ist *der große Fluss* und *aw* die Endung für *zwei.* Die Kelten haben die *Don* und *chail bacha* gefunden und für sich zu nutzen gewusst. Aber aufgeräumt hätte das alles mein

Bruder, und keiner kann wissen, was passiert wäre, wenn er es wirklich geschafft hätte, die ganze Welt aufzuräumen, alles zu ordnen, was es zu ordnen gibt, und ob diese Ordnung nicht im selben Moment, in dem sie perfekt gewesen wäre, sofort wieder zerstört worden wäre, ob es nicht sogar derselbe Moment ist, in dem die absolute Ordnung und die absolute Zerstörung aufeinandertreffen, Dinge, die einander bedingen, sich aber gleichzeitig ausschließen, genauso wie die Donau gleichzeitig entlang des rumänischen und entlang des bulgarischen Ufers fließen kann und sowohl Dunărea als auch Dunaj heißen kann, je nachdem, wer sie ruft. Und genau das ist es, was Bruderherz so verrückt gemacht hat. Es hat ihn schon immer verrückt gemacht, dass mehrere Wörter dasselbe bedeuten können.

57

Jeden Morgen laufe ich die Donau entlang, so wie ich früher, in einem früheren Leben, an der Kollbach gelaufen bin, nur dass ich an der Kollbach immer nur ein paar hundert Meter entlanglaufen konnte, bevor es wieder in den Wald ging oder durch Haberskirchen oder über das Feld, das früher einmal den Kramers gehört hat und dann dem Hintergreiner und jetzt gehört es der Gemeinde, und dann wieder zurück zur Kollbach, der Weg an der Kollbach entlang ist unberechenbar, der Weg an der Donau entlang ist dagegen absolut berechenbar, er weicht nicht ab, er ist fest, ich brauche fünf Minuten von Charlies Haus an das Donauufer, das ich dann für die nächste Stunde nicht mehr verlasse; meistens laufe ich morgens, wenn die Stadtbewohner verschlafen an den Bushaltestellen stehen, sie wirken so verloren, als wüssten sie gar nicht, in welchen Bus sie einsteigen würden, wohin er sie bringen würde, wo sie aussteigen würden. Sie wirken an diesen Bushaltestellen so, als wüssten sie gar nichts und als müssten sie es auch gar nicht wissen. Sie vertrauen sich dem Bus an, als wüsste der Bus, was richtig wäre und was nicht, der Bus weiß den Weg. Die mit dem Bus fahren wissen ihn nicht, sie wollen ihn gar nicht wissen. Ich beneide sie, diese verschlafenen Fahrgäste, ich denke an meine Fahrt von Kollbach nach Taufkirchen und von Taufkirchen zum Eggenfeldener Bahnhof, ich hatte fast die ganze Zeit geschlafen, auch ich hatte mich blind dem Bus anvertraut, ich hatte sogar darauf vertraut, dass der Busfahrer mich wecken und zum nächsten Bus begleiten würde, wo ich einstieg und wo auch der Busfahrer dieses zweiten Busses dafür sorgen würde, dass ich am Bahnhof in Eggenfelden ausstieg, meine Reisetasche nicht vergaß und das richtige Ticket löste. Der Busfahrer ging sogar mit zum Schalter und passte auf, dass mir kein falsches Ticket verkauft wurde. Er kaufte mir einen Kaffee und sich selbst kaufte er einen Kaffee, wir tranken Kaffee, bis mein Zug kam, er nahm meine Reisetasche und brachte mich an den richtigen Bahnsteig, er sagte mir, in welches Abteil ich einsteigen solle, er reichte mir die Reisetasche, er gab mir die Hand. Ich hatte den Eindruck, er war froh, dass alles gut gegangen war.

Die Reisetasche haben die Eltern mir einmal geschenkt, sie haben sie bei einem Preisausschreiben gewonnen, sogar im Dreierpack, sie haben drei Taschen gewonnen, eine Tasche haben sie mir gegeben, eine zweite haben sie Bruderherz gegeben, die dritte beinhaltet Näh- und Flickzeug und steht auf dem Kleiderschrank im Schlafzimmer der Eltern. Die Mutter staubt sie einmal im Jahr ab, sie wird nicht oft gebraucht, weil die Eltern selten Kleidung zerreißen oder Knöpfe verlieren, und die Socken werden schon lange nicht mehr gestopft, sondern weggeworfen und es werden neue gekauft, wenn die Eltern einmal im Monat nach Landshut fahren, wo es ein großes Kaufhaus mit einer eigenen Sockenabteilung gibt.

Ich wohnte gerade ein paar Wochen lang bei Charlie, als ich eines Morgens in denselben Trainingssachen, die ich bei meiner Hinfahrt angehabt hatte, in den Bus zum Hauptbahnhof stieg, mich ohne Ticket in den Zug nach Passau setzte, in Eggenfelden ausstieg, mich in den Bus nach Taufkirchen setzte, nach meiner Ankunft in Taufkirchen den Bus nach Gangkofen nahm und in Kollbach gegenüber der Bäckerei ausstieg. Ich bin zum Haus der Eltern gegangen, ich habe durch das Fenster in das Kinderzimmer geschaut und gesehen, dass alles in Ordnung ist. Bruderherz sitzt am Schreibtisch, er hat einen schwarzen Laptop vor sich stehen, er schreibt, er schreibt mit zehn Fingern in einem rasanten Tempo, ohne auf die Finger zu schauen, er schaut auf die Wand, an der die abstrakte Kunst hängt, er schaut auf die abstrakte Kunst, ohne die abstrakte Kunst zu sehen, er sieht gar nichts, er schreibt einfach so vor sich hin, wie ich vor mich hinlaufe, an der Donau entlang oder die Kollbach entlang, ohne etwas zu sehen und ohne ein bestimmtes Ziel zu verfolgen.

Die Mutter kommt ins Zimmer, sie stellt ihm ein Stück Kuchen hin, sie könnte ihm über den Kopf streichen, denke ich, ich hoffe, dass sie ihm über den Kopf streicht, aber sie streicht ihm nicht über den Kopf, weil sie grundsätzlich niemandem über den Kopf streicht. Sie stellt ihm den Kuchen hin und dann bückt sie sich hinunter zu einem riesengroßen Metallkoffer, auf dem ein Schriftzug steht, den ich nicht lesen kann, sie macht etwas mit dem Koffer, das ich nicht sehen kann, dann verlässt sie das Zimmer, ich habe vergessen, wie sie dabei ausgesehen hat, ich erinnere mich nicht, eigentlich weiß ich nie, wie sie bei irgendetwas ausgesehen hat, aber das fällt mir in diesem Moment erst auf und sofort vergesse ich es wieder, weil es nicht wichtig ist. Wichtig ist nur, dass es dem Bruder gut geht, dass er alles aufschreibt, solange er es noch aufschreiben kann, und dass er den Kuchen der Mutter isst.

Ich sehe, dass alles in Ordnung ist und laufe zurück zur Bushaltestelle, ich schaue hinüber zur Huberin, die mich nicht gesehen hat, weil sie nur die sieht, die die Bäckerei betreten, ich setze mich in das Bushaltestellenhäuschen und warte auf den Bus.

In Regensburg komme ich nachmittags an, ich laufe nach Hause, Charlie ist arbeiten, sie hat meinen Ausflug nicht bemerkt, ich habe meinen Ausflug nach Kollbach selbst gar nicht bemerkt, es ist alles in Ordnung, denke ich und ich erwarte von diesem Tag an jeden Morgen den Brief von Dr. Decker, ein Name, der mir zu diesem Zeitpunkt noch nicht geläufig ist.